당나귀와 함께한 세벤 여행

로버트 루이스
스티븐슨의
명작 에세이

당나귀와
함께한
세벤 여행

Travels
with a Donkey
in the
Cevennes

로버트 루이스 스티븐슨
이재형 옮김

mujintree
뮤진트리

차례

친애하는 시드니 콜빈[1] 씨께

이 작은 책이 이야기하는 여행은 제게는 정말 유쾌하고 유익했습니다. 이 여행은 시작할 때는 좀 어설펐지만 끝날 때쯤에는 큰 행운이 따라주었지요. 하지만 우리는 모두 존 번연[2]이 이 세계의 황야라고 부르는 곳을 여행하는 사람들입니다. 또한, 나귀를 데리고 여행하는 사람들이기도 하지요. 그리고 우리가 여행 중에 발견할 수 있는 최고의 선물은 뭐니 뭐니 해도 진정한 친구 아니겠어요. 참된 친구를 여럿 만나는 여행자야말로 운이 좋은 것입니다. 우리는 정말이지 그런 친구들을 만나려고 여행을 하는 것이지요. 진실한 친구는 삶의 목적이자, 삶이 우리에게 주는 보상이랄 수 있습니다. 이런 친구들은 우리가 자신에

---

[1] Sidney Colvin(1845~1927), 영국의 문학·예술 비평가. 스티븐슨과의 우정으로 잘 알려져 있다.

[2] John Bunyan(1628~1688), 영국의 신학자이자 작가. 《천로역정》의 저자이다.

게 부끄럽지 않은 사람이 되게 해주지요. 그리고 그들 없이 혼자 남으면 우리 삶은 그냥 속이 텅 빈 것처럼 공허해질 뿐입니다.

모든 책은 내밀한 의미에서 그것을 쓴 작가가 친구들에게 보내 돌려보게 하는 편지와도 같지요. 오직 그 친구들만이 작가가 하고자 하는 말을 알아듣습니다. 그들은 편지 여기저기에 쓰여 있는 개인적인 전언과 사랑의 언질, 감사의 표현을 읽어내지요. 대중은 우편요금을 내주는 너그러운 후원자에 불과합니다. 물론 이 편지는 모든 사람에게 발송되었습니다. 하지만 우리에게는 편지 봉투에 단 한 사람의 주소만 쓰는 오래되고 고상한 관행이 있지요. 친구들을 자랑스러워하지 않는다면 도대체 뭘 자랑스러워한단 말입니까? 친애하는 시드니 콜빈 씨, 그래서 저 자신은 친애하는 당신의 친구로부터, 라고 자랑스럽게 서명하는 것입니다.

로버트 루이스 스티븐슨

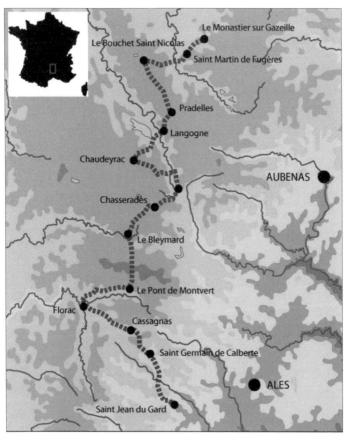

스티븐슨의 길 지도

"강한 것은 많지만, 인간보다 강한 것은 없다….
인간은 지략을 발휘하여 들판의 서식자들을 지배한다."

– 소포클레스

"누가 야생나귀를 풀어주었을까?"

– 욥

▪ 일러두기

- 이 책은 《Travels with a Donkey in the Cévennes》(Penguin
  Classics, 2005)를 우리말로 옮긴 것이다.
- 본문에 나오는 지명들은 프랑스어 발음을 소리 나는 대로 표기했다.
- 본문 하단에 표시된 주석은 모두 옮긴이의 것이다.

나귀, 짐, 안장

나는 르퓌에서 15마일가량 떨어진 산악지대의 골짜기에 자리 잡은 르 모나스티에라는 작은 마을에 한 달 정도 머물며 즐거운 시간을 보냈다. 르 모나스티에는 레이스 뜨기와 음주, 거침없는 언사, 유례없는 정치적 분쟁으로 널리 알려진 동네다. 이 작은 산골 마을에는 부르봉파와 오를레앙파, 제국주의파, 공화주의파 등 프랑스의 네 개 정당 각각의 지지자들이 있다. 그들은 서로를 미워하고 혐오하고 매도하며 비방한다. 거래할 일이 있거나 술집에서 싸우며 서로에게 거짓말을 할 때가 아니면 그들은 말할 때 예의 조차 지키지 않는다. 르 모나스티에는 정말 폴란드의 산골 같은 곳이었다. 이 프랑스의 바빌론에서 나는 단연 모두의 관심을 끌었다. 모든 사람이 외지인에게 친절을 베풀고 도움을 주려고 애썼다. 그것은 단순히 산골사람들이 원래 손님을 환대하기 때문은 아니고, 심지어는 이 넓은 세상 어디서도 잘 살만한 남자가 자진해서 르 모나스티에에 사는 걸 보고 놀라서도 아니었다. 그건 내가 세벤 지방을 지나 프랑스 남부로 여행할 예정이라는 것 때문이었다. 이 지역 사람들은 그때까지 나 같은 여행자에 대해 들어본 적이 없었다. 그들은 내가 달 여행이라도 계획하고 있다는 듯 나를 황당한 표정으로 힐끗거리거나, 한편으로는 혹독한 기후의 극지방으로 떠날 사람이라는 듯 나를 존경과 호기심 어린 눈으로 쳐다봤다. 모든 주민이 내가 준비하는 것을 도와주려고 했다. 특히 호의적인 사람들은 내가 흥정을 해야 할 중요한 순간마다 나서서 도와주곤 했다. 그들은 내가 거래를 성공시킬 때

당나귀와 함께한 세벤 여행

마다 술잔을 돌렸고 식사에 초대해서 축하해주었다.

　10월이 내일모레였지만 나는 여전히 길을 떠날 준비가 되어 있지 않았다. 내가 여행하게 될 고산지대에서는 인디언서머[3] 같은 건 아예 기대할 수 없었다. 그래서 굳이 야영하지는 않더라도 최소한 야영할 수 있는 장비는 갖추기로 했다. 서두르지 않고 느긋하게 걷는 사람에게 해가 넘어가기 전에 숙소에 도착해야 하는 것처럼 곤란한 일은 없기 때문이다. 게다가 동네 여관이 지쳐서 터덜터덜 걸어 들어오는 여행자에게 반드시 환대를 베풀라는 법도 없다. 특히 혼자 여행하는 사람에게 텐트는 치는 것도 거두는 것도 힘들고, 짐으로 꾸려 짊어지고 걸으면 모양이 두드러져 사람들 눈에 금방 띈다. 반면에 침낭은 늘 준비가 되어 있으니 그 속으로 들어가기만 하면 된다. 또 침낭은 두 가지 용도로 쓰여 밤에는 잠자리가 되고 낮에는 대형 여행 가방이 되기도 한다. 게다가 그것은 지

---

3)　가을에 한동안 비가 오지 않고 날씨가 따스한 기간.

고 가더라도 길에서 만나는 호기심 많은 사람으로부터 당신이 노숙할 사람이라는 의심을 사게 하지 않는다. 이건 정말이지 중요한 문제다. 만일 노숙할 만한 은밀한 장소를 찾지 못한다면, 당신은 휴식을 취하기는커녕 귀찮은 일을 당하게 될지 모른다. 졸지에 유명인사가 되는 것이다. 사교적인 시골사람이 서둘러 저녁식사를 마치고 당신을 찾아올 수 있고, 당신은 한쪽 눈을 뜬 채 잠을 자고 해가 뜨기 전에 일어나야만 한다. 그런저런 이유로 결국 나는 침낭을 사기로 했다. 몇 번이나 르퓌를 방문하고, 나 자신과 조언자들에게 적잖은 돈을 쓴 끝에 침낭이 멋지게 디자인되고 완성되어 내 손에 들어왔다.

내가 만들어낸 이 아이는 밤에는 베개로 낮에는 배낭의 위아래로 쓰일 두 개의 삼각형 모양 덮개를 제외하면 가로 세로가 거의 6피트나 되었다. 나는 이걸 그냥 듣기 좋게 침낭이라고 부르지만, 사실 그것은 침낭이라기보다는 속은 초록색 방수포로 되어 있고 겉은 파란색 양털로 덮여 있는 일종의 긴 두루마리나 소시지 같아 보였다. 그것은 여행가방처럼 널찍한 데다가 침대처럼 따뜻하고 뽀송뽀송했다. 혼자서 잘 때는 돌아누울 수도 있을 만큼 넉넉했고, 필요하면 두 사람이 들어가 잘 수도 있었다. 나는 이 침낭에 목까지 파묻을 수 있었고, 머리에는 귀까지 덮어주는 후드가 달려 있고 마스크처럼 코 밑에 갖다 대는 밴드도 붙어 있는 모자를 쓰면 되었다. 만일 비가 많이 내리면 내 방수코트와 돌 세 개와 휘어진 나뭇가지 하나로 작은 텐트를 칠 생각이었다.

　독자 여러분은 한갓 인간에 불과한 내가 이 엄청난 짐을 어깨에 짊어지고 갈 수 없으리라는 생각 정도는 쉽게 할 수 있을 것이다. 짐을 싣고 갈 짐승을 선택하는 일이 남았다. 우선 말은 동물들 가운데에서도 아름다운 여인과 같아 변덕스럽고 소심하고 식성이 까다롭고 병약하다. 게다가 값이 너무 비싸고 심하게 보채서 혼자 내버려 둘 수가 없기에 당신은 마치 노예가 노예선에 매이듯이 자신의 말에 매이게 된다. 또 말은 위험한 길에서는 몹시 불안해하며 어쩔

줄 몰라 한다. 요컨대 말은 불확실하고 까다로운 여행 동반자여서 여행자의 골치를 서른 배가량 더 아프게 만드는 것이다. 내가 원한 것은 싸고 작으면서도 강인하고 좀 둔하지만 온화한 기질을 지닌 짐승이었는데, 이런 조건들을 전부 충족시키는 짐승이 바로 나귀였다.

모나스티에는 어떤 이의 말에 의하면 지능이 좀 떨어져서 길거리 아이들이 쫓아다니며 놀려대는 아당 영감이라는 노인이 살고 있었다. 아당 영감은 수레를 한 대 갖고 있었는데, 덩치는 개보다 크지 않고 눈이 선하며 아래턱이 단단해 보이는 작은 쥐색 암탕나귀가 끄는 것이었다. 이 녀석에게는 단정하고 기품 있고 퀘이커 교도처럼 우아한 무엇인가가 있어서 즉시 나의 상상력을 자극했다. 우리가 처음 만난 것은 모나스티에 시장에서였다. 이 녀석의 성격이 온화한지 시험하기 위해 아이들을 한 명씩 등에 태워보았지만 하나 같이 다 내동댕이쳐지자 나는 이 녀석을 믿을 수 없다는 생각을 하게 되었고, 이 실험은 결국 실험대상이 없어서 중단되고 말았다. 나는 이미 친구들의 도움을 받고 있었다. 하지만 그걸로는 충분하지가 않다는 듯, 시장에 나온 사람들 모두가 나를 둘러싼 채 내가 흥정하는 것을 도와주었다. 그래서 나귀와 나, 아당 영감은 거의 30분 동안 이 왁자지껄한 북새통의 주인공이 되었다. 마침내 당나귀는 65프랑과 브랜디 한 잔에 내 소유가 되었다. 침낭은 이미 80프랑과 맥주 두 잔에 내 것으로 만들었다. 그러므로 이것저것 따져보면 결국은 침낭보다는 모데스틴(나는 그 즉시 나귀에게 이런 이름을 붙여주었다)을 더 싸게 샀다고 말할 수 있다. 사실 그건 당연한 일이었다. 왜냐면 나귀는 내 매트리스의 부속품이거나 바퀴가 네 개 달린 자동으로 움직이는 침대 틀에 불과했기 때문이다.

나는 마법이 횡행한다고 하는 한밤중에 당구장에서 아당 영감을 마지막으로 만나 브랜디를 한 잔 샀다. 그는 당나귀와 헤어지게 되어 몹시 마음이 아프며, 자기는 검은 빵으로 만족할 때도 나귀에게는 흰 빵을 먹였다고 주장했다. 그러나 믿을 만한 사람의 애기에 따르면, 이것은 말도 안 되는 소리였다. 그는 나귀를 난폭하게 다룬 것으로 마을에서 소문이 자자했다. 그렇지만 그가 눈물을 한 방울 흘리고, 이 눈물이 그의 뺨에 또렷한 흔적을 남긴 것은 분명한 사실이었다.

신뢰하기 힘든 그 지역 마구 제조인의 충고에 따라 나는 짐을 단단히 묶을 수 있는 고리가 달린 가죽 패드를 주문한 다음 장비를 하나하나 꼼꼼히 챙기고 세면도구도 정리했다. 무기와 도구들로는 권총과 알코올램프, 휴대용 등, 반 페니짜리 양초 몇 개, 잭나이프, 커다란 가죽 수통을 준비했다. 주요한 짐으로는 갈아입을 따뜻한 옷 두 벌(시골풍 벨벳 여행복과 파일럿코트, 두툼한 스웨터 외에도)과 책 몇 권, 역시 가방 모양으로 되어 있어서 추운 날 밤에는 두 겹의 성이 되어줄 기차여행용 무릎덮개가 있었다. 저장식품으로는 초콜릿 케이크와 볼로냐 소시지 통조림을 챙겼다. 내가 몸에 걸친 것을 제외한 이 모든 것은 양가죽 가방 속으로 거뜬히 들어갔다. 또 나는 다행스럽게도 빈 배낭 하나를 더 챙길 수 있었는데, 여행 중에 필요하다고 생각해서라기보다는 들고 다니기 편할 것 같아서였다. 당장 필요한 찬 양다리 고기와 보졸레 산 포도주 한 병, 우유를 담을 빈 병, 달걀 거품기, 꽤 많은 양의 검은 빵과 흰 빵을 준비했다. 이 두 종류의 빵은 아당 영감이 그랬듯 나 자신과 당나귀를 위해 준비했지만, 흰 빵만은 내가 먹을 생각이었다.

모나스티에 사람들은 다양한 정치적 견해를 가졌음에도 불구하고, 내가 여러 가지 터무니없는 재난을 당하거나 갖가지 기상천외한 상황에서 예기치 않은 죽음을 맞이할지도 모른다고 나를 위협하는 점에서는 모두 한결같았다. 날마다 그들은 추위와 늑대, 강도, 그리고 무엇보다도 밤의 장난꾼에 관한 얘기로 나를 강하게 압박했다. 그러나 이 예언들에서 진짜 명백한 위험은 언급되지 않았다. 기독교인처럼, 그것은 내가 수고롭게 지고 가야 할 짐에서 비롯되는 위험이었다. 나 자신이 겪은 불행에 관해 얘기하기 전에 우선 나의 경험에서 얻은 교훈을 간단히 얘기하련다.

만약 짐의 양쪽 끝이 잘 묶인 채 길마를 가로질러 통째로 매달려 있으면(둘로 접히면 절대 안 된다!) 여행자는 안전하다. 우리네 짧은 인생이 불완전하듯, 짐 안장이 맞지 않을 수도 있다. 그것은 분명히 흔들거리다 뒤집힐 것이다. 그러나 모든 길가에는 돌들이 있어서 인간은 얼마 지나지 않아 잘 맞는 돌로 잃어버린 균형을 맞추는 기술을 배우게 된다.

출발하는 날, 나는 다섯 시 조금 지난 시간에 일어나서 여섯 시쯤 나귀에 짐을 싣기 시작했다. 하지만 채 10분도 지나지 않아 나의 희망은 물거품이 되었다. 길마가 한순간도 모데스틴의 등에 붙어 있으려고 하지 않는 것이었다. 내가 길마를 들고 그걸 만든 사람을 찾아가서 거친 말싸움을 벌이는 바람에 그 집 앞의 인도는 싸움구경을 좋아하는 사람들로 가득 차서 발 디딜 틈이 없을 정도였다. 길마는 나의 손과 그걸 만든 사람의 손 사이를 부지런히 왔다 갔다 했다. 아니, 우리가 그걸 서로의 머리에 집어 던졌다고 말하는 편이 더 정확할지도 모르겠다. 어쨌든 우리 두

당나귀와 함께한 세벤 여행

사람 다 흥분할 대로 흥분한 나머지 험악한 분위기에서 막말을 마구 쏟아냈다.

나는 흔하게 볼 수 있는 나귀의 짐 안장(프랑스에서는 그걸 '말의 갑옷'이라고 부른다)을 모데스틴의 등에 올려놓고 다시 한번 내 소지품들을 실었다. 반으로 접은 배낭, 파일럿코트(날이 더워서 걸을 때는 조끼만 입기로 했다), 크고 둥그스름한 검은 빵, 그리고 흰 빵과 양고기, 병들이 들어 있는 뚜껑 없는 바구니가 매우 정교하게 함께 묶였고, 나는 그 결과물을 바라보며 공허한 만족감 같은 걸 느꼈다. 그 어마어마한 짐이 아래쪽에 아무것도 균형 잡아 주는 것 없이, 한 번도 나귀에게 얹어보지 않은 새 짐 안장 위에, 그리고 도중에 늘어나서 느슨해질지도 모르는 새 뱃대끈으로 묶여 있어서, 아무리 부주의한 여행자라도 뭔가 안 좋은 일이 일어나리라는 걸 예감할 수 있을 정도였다. 매듭도 내게 동조하는 사람들이 너무 많이 달려들어 만들어낸 작품인지라 과연 꼼꼼하게 묶였을지 의심스러웠다. 그들이 있는 힘을 다해 단단히 짐을 묶은 건 사실이다. 한 번에 최소한 세 사람이 모데스틴의 엉덩이에 발을 올려놓은 채 이를 악물고 끈을 잡아당 겼다. 그러나 나중에 나는 의욕만 넘치는 대여섯 명의 마부보다는 생각 깊은 한 사람이 굳이 힘을 쓰지 않고도 더 효율적이고 견고하게 일을 해낼 수 있다는 사실을 깨닫게 되었다. 하지만 그때만 해도 나는 풋내기에 불과했다. 안장 때문에 낭패를 당했는데도 나는 안전문제에 크게 신경을 쓰지 않았다. 나는 도살장으로 향하는 황소처럼 외양간 문을 열고 여행을 떠났다.

초록색 옷차림의 나귀몰이꾼

출발 전에 맞닥뜨린 이런 골치 아픈 문제들을 뒤로 한 채 공동방목지를 지나 언덕을 내려가는데 모나스티에의 종이 아홉 시를 알렸다. 나는 사람들이 창문에서 나를 내려다볼 수 있는 동안은 은근히 창피하기도 하고 또 어떤 낭패를 당할까 봐 두렵기도 하여 모데스틴을 건드리지 않았다. 모데스틴은 네 개의 작은 말발굽을 내디디며 진지하고 조심스러운 걸음걸이로 경쾌하게 걷고 있었다. 이따금 귀나 꼬리를 흔들어대기도 했다. 그런데 모데스틴이 무거운 짐에 짓눌린 탓에 너무 작아 보여서 은근히 걱정되었다. 우리는 아무 어려움 없이 여울을 건넜다. 정말이지, 아무 어려움이 없었다. 모데스틴은 유순함 그 자체였다. 그리고 일단 여울 반대편으로 건너가서 길이 소나무 숲 사이로 오르막을 이루자 나는 오른손으로 부정不淨한 지팡이를 집어 들고 떨리는 마음으로 나귀를 살짝 때렸다. 모데스틴은 서너 걸음쯤 활기차게 걷더니 다시 조금 전처럼 느릿느릿 걸었다. 한 번 더 살짝 때렸으나 결과는 마찬가지였고, 세 번째도 달라진 게 없었다. 나는 영국인이라는 소리를 들을 자격이 있는 사람이었다. 그러니 여성에게 함부로 손을 댄다는 건 나의 양심에 어긋나는 행동이었다. 나는 때리는 걸 그만두고 모데스틴을 머리끝에서 발끝까지 훑어보았다. 불쌍한 짐승은 숨 쉬는 것조차 힘든 듯, 무릎을 떨고 있었다. 모데스틴이 언덕을 더 빨리 올라간다는 건 불가능해 보였다. 나는 생각했다. 이 죄 없는 짐승을 학대하면 하늘이 용서치 않을 거야. 그래, 모데스틴이 자기 속도대로 가게 내버려 두자. 그리고 나는 참을성 있게 모데스틴의 뒤를 따라가자.

아, 모데스틴의 걸음은 정말 얼마나 느린지, 말로는 도저히 표현할 수 없을 것 같다. 걷는 게 뛰는 것보다 더 느리다 하더라도, 이 나귀의 걸음은 걷는 것보다도 훨씬 더 느렸다. 그 바람에 나는 발을 뗄 때마다 그 발을 믿을 수 없을 만큼 오랫동안 공중에 쳐들고 있어야만 했다. 단 5분 만에 나는 진이 다 빠져버렸고, 다리 근육이 온통 화끈거렸다. 그렇지만 나는 모데스틴 옆에 딱 붙어 걸으면서 나의 속도를 그녀의 걷는 속도에 정확히 맞추려고 애썼다. 내가 몇 걸음 앞서거나 뒤처지면 모데스틴은 그 즉시 멈춰 서서 풀을 뜯어 먹곤 했다. 여기서부터 알레스까지 계속 이런 식으로 가야 한다고 생각하니 가슴이 한없이 답

당나귀와 함께한 세벤 여행

답해졌다. 이번 여행은 상상할 수 있는 모든 여행 중에서 가장 지루한 여행이 될 것이다. 나는 오늘 날씨가 참 좋네, 라고 되뇌어보기도 하고, 담배를 피우며 나의 불길한 예감을 떨쳐내려 애쓰기도 했다. 그러나 언덕으로 올라갔다가 계곡으로 내려가기를 되풀이하며 구불구불 이어지는 길고도 긴 길 위에서 한 쌍의 형체가 한 걸음 한 걸음 아주 느리게 움직이는데(1분에 1미터도 못 가는 것 같다) 마치 악몽에 사로잡힌 유령들처럼 목적지에 더이상 다가가지 못하는 환상이 내 머릿속을 떠나지 않았다.

그 사이에 그 지역 사람들이 즐겨 입는 초록색 연미복 차림에 사십 대로 보이는 키 큰 농부 한 사람이 화가 난 듯 냉랭한 얼굴로 우리 뒤편에서 나타나 다가왔다. 그는 우리를 부쩍부쩍 따라잡아 지나치더니 걸음을 멈춘 채 우리가 측은한 모습으로 걷는 것을 바라봤다.

그가 말했다.

"나귀가 나이가 좀 들었나 봅니다?"

내가 대답했다.

"아니요, 그렇지 않은 것 같은데요."

그러자 그는 우리가 먼 곳에서 온 모양이라고 추측했다.

나는 그에게 방금 모나스티에에서 출발했다고 대답했다.

그러자 그가 소리쳤다.

"그런데 이런 식으로 걷는단 말인가요?"

그러더니 고개를 뒤로 젖히고 한참 동안 마음껏 웃었다. 나는 그를 지켜보며 기분이 상해서 화를 낼까 말까 생각하고 있는데, 그가 실컷 웃었다고 생각했는지 말했다.

"이런 짐승들은 절대 동정하면 안 돼요."

그가 덤불 숲에서 가느다란 나뭇가지를 하나 꺾어와서는 모데스틴의 엉덩이를 후려치기 시작했다. 그 악당이 모데스틴의 귀를 잡아당겨 빨리 걷게 만들자 그녀는 그가 우리 옆에 있는 동안은 속도를 늦추지도 않고 힘든 기색도 내비치지 않은 채 잘 걸었다. 모데스틴이 조금 전까지 헐떡거리고 벌벌 떨었던 것은 유감스럽게도 한 편의 코미디였던 것이다.

나의 데우스 엑스 마키나[4]는 나와 헤어지기 전에 비인간적이기는 하지만 매우 쓸모 있는 몇 가지 충고를 해주었다. 그는 나귀가 내 지팡이보다는 나뭇가지로 만든 회초리에 더 예민하게 반응할 거라며 그것을 내게 선물한 다음 마지막으로 "프룻!"이라는 나귀몰이꾼들의 진짜 외침소리, 혹은 비밀스러운 용어를 내게 가르쳐주었다. 그러는 내내 그는 마주 보기 민망할 만큼 코믹하면서도 못 미더운 표정으로 내가 나귀 모는 모습을 쳐다보며 웃었다. 아마 나도 그의 틀린 철자나 초록색 연미복을 보며 웃을 수 있을 것이다. 하지만 당장은 그럴 때가 아니었다.

나는 새로 얻은 지식이 자랑스럽게 느껴졌고, 나귀 모는 기술을 완벽하게 터득했다고 생각했다. 모데스

---

4) 특히 극이나 소설에서 가망 없어 보이는 상황을 해결하기 위해 동원되는 인물.

틴이 오전 내내 놀라울 정도로 잘 걸어서 나는 여유를 갖고 주변을 돌아볼 수 있었다. 그날은 주일이었다. 햇빛이 비치는 산과 들에는 단 한 사람도 보이지 않았다. 그러나 생마르탱드프뤼제르 마을로 내려갔더니 그곳 성당은 문까지 신자들로 가득 차서 발 디딜 틈이 없을 정도였다. 바깥 계단에 무릎을 꿇고 있는 사람들도 있었고, 신부가 부르는 평가[5] 소리가 어두운 성당 안에서 흘러나왔다. 그 광경을 보고 있노라니 마음이 편해졌다. 나는 주일을 지키는 나라 사람이라, 이날 준수해야 하는 모든 규율은 마치 스코틀랜드의 억양처럼 내게 감사와 그 반대의 감정이 뒤섞인 느낌을 불러일으키기 때문이다. 금욕적인 종교 축제의 평화와 아름다움을 제대로 즐길 수 있는 사람은 다른 별에서 온 듯 서둘러 대는 여행자뿐이다. 모든 것이 정지된 것처럼 보이는 시골 풍경을 보고 있노라면 마음이 편안해진다. 광활하고 색다른 침묵 속

---

5) 가톨릭교회의 단선율 성가.

당나귀와 함께한 세벤 여행

에는 음악보다 더 나은 무언가가 있어서 실개천의 물 흐르는 소리라든가 햇살의 온기처럼 기분 좋은 상념을 불러일으킨다.

이처럼 즐거운 기분으로 언덕을 내려가 푸르른 계곡 끝에 자리 잡은 구데라는 마을에 도착했다. 반대편의 가파른 절벽 위에는 보포르 성이 서 있고, 수정처럼 맑은 물이 흐르는 강이 그 사이에서 깊은 웅덩이를 이루고 있었다. 강물이 바위 위로 흘러가는 소리를 위아래에서 들을 수 있었는데, 이 쾌활한 애송이를 루아르 강이라고 부르는 건 좀 우스꽝스럽게 느껴졌다. 구데는 사방이 산으로 둘러싸여 있고, 나귀를 타야만 지나다닐 수 있는 돌투성이의 좁은 길을 통해서만 프랑스의 바깥세상과 만날 수 있었다. 그렇다면 여러분은 이곳의 남녀들이 이 푸르른 산간벽지에서 술을 마시고 욕이나 하면서, 겨울에는 자기 집 문지방에 앉아 눈 덮인 산봉우리를 올려다보며 호머의 키클롭스처럼 고립되어 살 것으로 생각할 수 있다. 그러나 그렇지는 않다. 이곳에도 우체부가 우편행낭을 들고 찾아오고, 청운의 뜻을 품은 구데의 젊은이들은 르퓌의 기차역까지 하루에 걸어서 다녀온다. 그리고 이 마을 여관에는 1876년 4월 10일 뉴욕의 태머니 홀에서 5백 달러의 상금과 함께 "펜싱 교수이며 남북 아메리카 챔피언"이라는 영예를 안았던 여관주인의 조카 레지 세냑의 목판초상화가 걸려 있다.

나는 서둘러 점심식사를 끝낸 다음 곧바로 길을 나섰다. 그러나, 이럴 수가! 반대편 비탈로 끝없이 이어지는 언덕을 오르는 동안 "프룻!"은 그 효력을 잃어버린 것 같았다. 나는 사자처럼 위협도 해보고 비둘기처럼 달콤한 목소리로 속삭이기도 했지만, 모데스틴은 고분고분하지 않았고 겁을 먹지도 않았다. 내가 그러든 말든 제 속도로 걸을 뿐이었다. 회초리로 때려도 그때뿐이었다. 나는 모데스틴의 뒤꿈치를 따라가면서 계속 회초리질을 해야만 했다. 이 수치스러운 노역을 잠깐이라도 멈추면 모데스틴은 다시 자신만의 느릿한 걸음걸이로 돌아갔다. 나는 내가 아는 그 누구도 그런 고약한 상황에 놓였다는 얘기를 들어본 적이 없다. 나는 부세 호수에서 야영할 생각이었으므로 해지기 전에 그곳에 도착해야만 했고, 이 같은 희망을 버리지 않기 위해 불평 한마디 안 하는 이 동물을 끊임없이 학대해야만 했다. 내가 회초리로 모데스틴을 후려치는 소리가 내 가슴을 아프게 했다. 한 번은 모데스틴을 보았는데, 예전에 나와 알고 지내면서 무척 친절하게 대해주었던 숙녀와 얼핏 닮아 보여서 나의 잔인함이 한층 더 끔찍하게 느껴졌다.

설상가상으로 우리는 길가에서 제멋대로 돌아다니고 있는 또 다른 나귀를 만났다. 그런데 우연인지 이 나귀는 신사였다. 이 신사 나귀와 모데스틴이 좋아서 어쩔 줄 모르며 히잉거리는 바람에 나는 다시 힘껏 회초리질을 해서 이 둘을 떼어놓음으로써 이제 막 시작된 로맨스를 끝내줘야만 했다. 만일 이 다른 나귀가 겉모습뿐만 아니라 마음도 수컷이었더라면 그는 막무가내로 내게 덤벼들었을 것이고, 그랬더라면 내게 위안이 되었을 것이다. 이 나귀는 분명히 모데스틴의 사랑을 받을만한 자격이 없는 놈이었다. 그러나 내 나귀의 성을 말해주는 모든 것이 그랬듯이 이 일 역시 나를 슬프게 만들었다.

계곡을 오르는 내내 바람 한 점 없고 태양이 내 어깨 위에서 작열하는 바람에 무덥기만 했다. 나는 쉬지 않고 회초리질을 해야 했기에 땀이 눈 속으로 계속 흘러들어왔다. 게다가 5분마다 짐과 바구니, 여행용 코트가 번갈아 가며 양쪽으로 보기 흉하게 흘러내렸다. 그 바람에 모데스틴이 시속 2마일이라는 그럭저럭 괜찮은 속도로 걷고 있었는데도 그녀를 멈춰 세우고 짐을 다시 추슬러야만 했다. 그러다가 결국 위셀이라는 마을에서 안장을 비롯한 모든 장비가 홱 뒤집히더니 모데스틴의 배 아래 쌓여 있는 먼지 속으로 나뒹굴고 말았다. 모데스틴은 그래도 좋은지 즉시 몸을 오그리고 웃어 보였다. 그때 어디선가 한 남자와 두 여자, 두 어린아이로 이루어진 일행이 나타나더니 나를 반원 모양으로 둘러싸고 자기들 나름의 방식으로 모데스틴을 격려하는 것이었다.

나는 짐을 다시 제자리에 올려놓으려고 무진 애를

당나귀와 함께한 세벤 여행

썼다. 하지만 짐은 바로 놓였다 싶은 순간 곧장 반대편으로 굴러떨어져 버렸다. 그러니 내가 얼마나 열을 받았을지, 상상해보라! 하지만 아무도 나를 도와주려 하지 않았다. 남자만이 짐을 다른 식으로 쌓아 올려야 할 거라고 말했다. 나는 내가 처해 있는 곤경을 해결할 방법을 알고 있는 게 아니라면 차라리 입을 다무는 게 나을 거라고 그에게 충고했다. 그러자 그 성격 좋아 보이는 남자는 미소를 지으며 알겠다고 대답했다. 정말이지, 끔찍한 상황이었다. 나는 포장이 잘된 짐만 모데스틴에게 싣고 지팡이와 2파인트짜리 병 하나, 주머니마다 무거운 것이 들어 있는 여행용 재킷, 2파운드짜리 검은 빵, 고기와 용기가 가득 들어 있는 뚜껑 없는 바구니는 직접 들고 가야만 했다. 내가 위대한 영혼의 소유자라고 말해도 될 것 같다. 왜냐면 이 끔찍한 짐 앞에서도 움츠러들지 않았기 때문이다. 나는 들고 가기 좋게 다시 짐을 꾸린 다음 모데스틴을 끌고 마을을 지나갔다. 모데스틴은 이번에도 역시 길옆에 서 있는 집만 보면 그 안으로 들어가려고 했다. 도와주는 사람 없이 짐을 들고 가자니 정말 말로 다 할 수 없을 만큼 힘이 들었다. 보수 중인 성당을 둘러보고 있던 한 신부와 일행 예닐곱 명이 내가 곤경에 처해 있는 걸 보고 다 함께 큰 소리로 깔깔댔다.

나 역시 힘든 상황에 놓여 바보처럼 버둥거리는 사람들을 보고 웃음을 터트렸던 기억이 났고, 그 순간 내 가슴은 회한으로 가득 찼다. 그것은 이처럼 골치 아픈 문제가 내게 일어나기 전, 그러니까 내가 경박했던 때 얘기다. 최소한 하나님만은 내가 다시는 이런 사람을 보고 웃지 않을 거라는 사실을 알고 계실 거야, 라고 나는 생각했다. 하지만, 오! 이 소극笑劇은 거기 출연한 사람에게는 얼마나 잔인한가!

마을을 빠져나오자마자 모데스틴은 귀신에라도 씌었는지 샛길로 들어서더니 거기서 더이상 단 한 발자국도 움직이려 하지 않았다. 이런 말 하기가 부끄럽지만, 나는 짐을 다 내린 다음 이 불쌍한 죄인의 얼굴을 회초리로 두 번 때렸다. 내가 또 때리기를 기다리

당나귀와 함께한 세벤 여행

는 듯 모데스틴이 눈을 감고 얼굴을 들어 올리는 걸
보니, 측은함이 절로 들었다. 나는 금방이라도 울음
이 터져 나올 것 같았지만, 그보다는 현명하게 행동
하기로 하고 길가에 퍼질러 앉아 담배를 피우고 브랜
디를 한 잔 마시며 내가 놓인 상황에 대해 곰곰이 생
각해보았다. 그동안 모데스틴은 깊이 뉘우치는 듯 보
였지만 사실은 위선적인 태도로 검은 빵을 우적우적
씹어 먹고 있었다. 배가 난파되지 않게 하려면 신들
에게 제물을 바쳐야 했다. 나는 우유를 담는 빈 병도
버리고, 내가 먹을 흰 빵도 버렸다(다른 사람들과 똑같이
하는 게 싫어서 모데스틴이 먹을 검은 빵은 남겨두었다). 그리
고 마지막으로 냉동 양다리 고기와 내가 아끼던 달걀
거품기도 멀리 던져 버렸다. 그랬더니 바구니에 공간
이 좀 생겼고, 심지어는 뱃사람들이 입는 작업복까지
맨 위에 올려놓을 수 있었다. 줄을 이용하여 바구니
를 한쪽 팔에 걸었다. 줄이 어깨를 짓눌러서 몹시 아
프고 재킷이 거의 땅에 닿을 정도로 늘어졌다. 하지
만, 나는 날아갈 듯 가벼운 마음으로 다시 출발할 수

있었다.

나는 이제 한쪽 팔로 자유롭게 모데스틴을 때릴 수 있게 되어 그녀를 잔인하게 응징했다. 날이 어두워지기 전에 호숫가에 도착하려면 그녀가 그 작은 정강이를 부지런히 움직여야만 했다. 이미 태양은 바람이 부는 것처럼 보이는 안개에 잠겨버렸다. 멀리 동쪽 언덕과 검은 전나무 숲에는 기다란 줄 모양의 황금색 빛이 아직 약간 남아 있었지만, 우리가 가게 될 길의 모든 것은 차고 회색이었다. 무수히 많은 작은 샛길들이 들판의 여기저기로 이어져 있었다. 하지만 그것은 출구가 없는 미로였다. 나는 머리 위의 내 목적지를 볼 수 있었다. 아니, 내 목적지가 한눈에 내려다보이는 산봉우리를 볼 수 있었다. 하지만 내가 여기다 싶어 들어선 길들은 막상 가보면 막다른 길이어서 다시 돌아 나오거나, 계곡 쪽으로, 혹은 언덕 가장자리를 따라 북쪽으로 꾸불꾸불 이어졌다. 헐벗고 척박한 이 바위투성이 지역을 지나가는 동안 하루가 저물어가고 빛이 엷어지자 나는 일종의 허탈감에 빠져들었

당나귀와 함께한 세벤 여행

다. 다짐하건대, 회초리는 결코 게으름을 피우지 않았다. 모데스틴이 한 걸음이라도 제대로 내딛게 하려면 나는 최소한 회초리질을 두 번은 해야 했다. 내 주변에서는 지칠 줄 모르고 휘둘러대는 나의 회초리 소리만 들릴 뿐이었다.

그런데 내가 이처럼 힘들게 회초리질을 하는 와중에 짐 보따리가 느닷없이 다시 한번 먼지 구덩이 속으로 굴러떨어지더니 마치 무슨 마술에라도 걸린 듯 모든 끈이 한꺼번에 느슨해졌다. 그러자 내 귀중품들이 길바닥에 쏟아져버렸다. 그 바람에 짐을 처음부터 다시 꾸려야만 했다. 더 나은 방법으로 짐을 꾸려야 했으므로 족히 30분은 허비한 것 같다. 오직 풀과 자갈뿐인 황무지에 도착했을 때부터 날이 본격적으로 어두워지기 시작했다. 나는 동시에 모든 곳으로 이어지는 길 위에 서 있는 것 같은 느낌이 들었다. 내가 절망 속에 빠져든 순간, 두 사람이 돌 더미 저편에서 내 쪽으로 걸어오는 것이 보였다. 그들은 마치 떠돌이들처럼 앞뒤로 서서 걷고 있었다. 하지만, 그들의 걸음걸이는 빨랐다. 키가 크고 못생겼으며 표정이 어둡고 꼭 스코틀랜드 사람처럼 보이는 아들이 앞장을 섰다. 좋은 나들이옷을 입고 우아하게 수를 놓은 모자에 새 펠트 모자를 덧쓴 어머니는 속치마를 들어 올린 채 음란하고 불경스러운 욕설을 퍼부으며 그 뒤에서 성큼성큼 걸었다.

나는 아들을 큰 소리로 불러 길을 물었다. 그는 서쪽과 북서쪽을 대충 가리키면서 알아들을 수 없게 몇 마디를 중얼거리더니 발걸음을 전혀 늦추지 않고 내 앞을 지나쳐 제 갈 길로 가버렸다. 어머니도 얼굴 한 번 들지 않고 아들 뒤를 따라갔다. 나는 그들을 따라가면서 큰 소리로 불렀지만, 그들은 나의 아우성이 들리지 않는다는 듯 곧장 산비탈을 올라가 버렸다. 나는 모데스틴을 혼자 버려둔 채 그들을 외쳐 부르며 쫓아 올라가야만 했다. 내가 다가가자 그제야 그들은 걸음을 멈추었다. 가까이서 보니 어머니는 점잖고 위엄 있어 보일 뿐만 아니라 제법 고운 중년부인이었다. 아들은 이번에도 알아듣기 힘든 목소리로 대

당나귀와 함께한 세벤 여행

충 대답하고는 다시 출발하려고 했다. 그러나 이번에는 나도 내 쪽에 서 있던 어머니를 붙잡고 나의 무례함을 사과하면서도 내게 길을 가르쳐주기 전까지는 보내줄 수 없다고 단호하게 말했다. 나는 그들이 내게 화를 낼지도 모른다고 생각했다. 하지만, 막상 그들은 누그러진 표정으로 그냥 자기들만 따라오면 된다고 말했다. 그리고 어머니는 그 야심한 시간에 호숫가에서 도대체 뭘 하려는 거냐고 물었다. 나는 대답 대신 스코틀랜드 식으로 그녀에게 먼 길을 가는 것이냐고 물었다. 그녀는 다시 욕설을 내뱉으며 자기는 앞으로도 한 시간 반을 더 가야 한다고 말했다. 그러더니 두 사람은 인사도 하지 않고 어둠이 점점 더 짙어지는 산비탈을 성큼성큼 걸어 올라가 버리는 것이었다.

모데스틴에게 돌아온 나는 그녀를 힘껏 앞으로 밀면서 20분 동안 가파른 산비탈을 올라간 끝에 고원 가장자리에 이르렀다. 그날 하루의 여정을 되돌아보며 바라보는 전경은 황량하고 음산했다. 메젱크 산과 생쥘리앵 너머의 산봉우리들이 동쪽의 차가운 빛을 배경으로 어둠 속에 우뚝 서 있었다. 여기저기 원뿔 모양의 검은 숲과 경작된 농지로 보이는 굴곡진 흰색 땅, 그리고 루아르 강인지, 가제이으 강인지, 아니면 로손 강인지는 모르지만 어쨌든 꼭 무슨 얼룩처럼 협곡 안을 흘러 다니는 강을 제외하고 언덕 사이에 있는 들판은 모두 넓게 펼쳐진 어둠의 심연 속으로 가라앉았다.

얼마 안 있어서 우리는 큰길로 나섰다. 나는 꽤 큰 마을이 바로 근처에 있다는 사실을 알고 깜짝 놀랐다. 호수 근처에는 송어를 제외하고는 아무것도 살 수 없다는 얘기를 들었기 때문이다. 아이들이 들판에 나와 있던 소를 몰고 집으로 들어가느라 길에서 먼지가 자욱하게 일었다. 모자와 머리쓰개를 쓴 두 여자가 성큼성큼 걷는 말을 타고 내 곁을 순식간에 지나갔다. 읍내의 교회와 시장에 갔다가 집으로 돌아가는 사람들이었다. 나는 한 아이에게 여기가 어디냐고 물었고, 아이는 부세생니콜라라고 대답했다. 미로를 연상시키는 길과 신뢰할 수 없는 농부들이 나를 내 목적지에서 남쪽으로 1마일 정도 떨어진 산 반대편으로 보내버린 것이다. 어깨는 상처가 생겨 바늘로 콕콕 찌르는 것처럼 아팠고, 팔은 끊임없이 회초리질을 하다 보니 마치 치통처럼 아파서 나는 호숫가에서 야영하는 걸 포기하고 여관을 찾았다.

몰이막대를 갖게 되다

부세생니콜라의 여관은 내가 들른 여관들 중 가장 소박한 여관이었다. 나는 여행을 하는 동안 이렇게 생긴 여관을 많이 보게 되었는데, 이 여관은 프랑스 산악지역의 전형적인 여관이라 할 수 있었다. 문앞에 벤치가 하나 놓여 있는 작은 이층집을 상상해 보라. 마구간과 부엌이 붙어 있어서 모데스틴과 나는 서로가 식사하는 소리를 들을 수 있었다. 흙바닥에, 소박한 가구들, 그리고 침대 외에는 어떠한 편의시설도 없는 여행자용 침실이 있었다. 부엌에서는 요리하고 먹는 일이 동시에 이루어졌으며, 밤에는 가족들이 거기서 잠을 잤다. 씻고 싶은 사람은 공동식탁에서 다른 사람들이 지켜보는 가운데 씻어야만 했다. 음식은 남을 때도 있었다. 나는 말린 생선 요리와 오믈렛을 여러 접시나 먹었다. 하지만 포도주는 양이 너무 적었고 브랜디는 맛이 형편없었다. 저녁을 먹는 도중에 살찐 암퇘지가 식탁 밑으로 들어와 사람들 다리에 주둥이를 갖다 대고 문지르는 일이 일어나지 말라는 법이 없는 곳이 바로 이곳이었다.

그러나 여관 사람들 가운데 열에 아홉은 친절하고 사려 깊었다. 여관 문을 열고 들어서는 순간 방문자는 더이상 이방인이 아니다. 이 농부들은 길에서는 거칠고 험악하게 굴지만, 함께 있으면 예의 바르게 행동한다. 예를 들어 부세생니콜라에서 나는 보졸레산 포도주를 한 병 따서 여관주인에게 같이 마시자고 권했다. 그는 술잔을 받았으나 입술만 축였다.

"전 이런 포도주 좋아합니다. 그러니 손님 마실 것

도 안 남겨놓고 다 마셔버릴지 모릅니다."

이런 저렴한 여관에서는 여행자가 자기 나이프로
식사를 하게 되어 있다. 그가 요구하지 않으면 나이
프는 제공되지 않는다. 유리잔과 빵 조각, 철제 포크
만으로 식탁이 완벽하게 차려진다. 부세의 주인은 내
나이프를 보고 진심으로 감탄했다. 그는 스프링을 보
고 놀라워하면서 말했다.

"이런 게 있을 거라고는 상상도 못 했네요."

그러고 나서 그것을 손바닥에 올려놓고 무게를 재
보며 덧붙여 말했다.

"최소 5프랑은 주셨겠는데요?"

내가 20프랑을 주었다고 대답하자 그의 입이 떡
벌어졌다.

그는 온화하고 잘생기고 분별 있고 친절하지만 놀
라울 정도로 무식한 노인이었다. 그의 아내는 그다지
호감이 가게 행동하지는 않았지만, 글을 읽을 줄 알
았다(글을 실제로 읽어본 적은 없는 것 같았지만 말이다). 그
녀는 머리가 잘 돌아가는 것 같았다. 그녀가 꼭 나라

라도 다스리는 사람처럼 단호한 말투로 얘기했다.

"우리 남편은 아무것도 몰라요."

그리고 화가 난다는 듯 고개를 저으며 덧붙였다.

"꼭 짐승 같다니까요."

노신사는 아내 말이 맞다는 듯 머리를 끄덕였다. 부인이 딱히 남편을 무시하는 것 같지는 않았고, 남편도 그다지 부끄러워하는 기색은 아니었다. 사실은 사실 그대로 받아들여졌을 뿐, 그걸로 그만이었다.

그들은 나의 여행에 대해 꼼꼼하고 면밀하게 질문을 했다. 부인은 단숨에 감을 잡고는 내가 집에 돌아가면 책에 써넣어야 할 것들을 간단히 설명했다.

"사람들이 어디서 수확을 하고 또 어디서는 안 하는지, 숲이 있는지 없는지, 에티켓은 어떻게 배우는지, 예를 들면 자신과 남편이 내게 한 얘기, 자연의 아름다움, 뭐, 그런 거⋯."

그리고 나를 뻔히 처다보며 대답을 기다렸다.

나는 말했다.

"그래요, 바로 그겁니다."

그러자 그녀가 남편에게 물었다.

"봐요. 내가 제대로 알아들었지요?"

두 사람 모두 내가 겪은 불운에 관심을 보였다.

남편이 말했다.

"내일 아침에 당신의 그 지팡이보다 나은 걸 만들어드리지요. 저런 짐승은 아무것도 느끼지 못해요. '나귀처럼 둔하다'라는 속담도 있잖아요? 설사 당신이 몽둥이로 저 나귀를 인사불성이 되도록 때린다 해도 당신은 어디에도 도착할 수 없을 겁니다."

더 나은 지팡이? 나는 그가 내게 무얼 주려고 하는지 짐작이 안 갔다.

침실에는 침대 두 개가 놓여 있었다. 나는 그중 하나를 차지했다. 고백하건대, 나는 한 젊은 남자와 그의 아내, 그의 아이가 나머지 다른 침대 위로 올라가는 모습을 보고 살짝 당황했다. 사실 나는 그런 일을 처음 겪은 것이다. 나는 내가 더이상 이런 어리석고 뜬금없는 감정을 느끼지 않게 해달라고 신께 빌었다. 가만히 생각해보니 나는 그녀가 아름다운 팔을 가졌으며, 나의 존재에 대해 그다지 어색해하지 않는 것 같다는 사실 말고는 그녀에 대해 아는 게 전혀 없었다. 사실대로 말하자면, 그들 두 사람보다는 내가 더 불편한 상황이었다. 부부는 서로의 체면을 세워줄 수 있다. 얼굴을 붉혀야 하는 건 독신 신사 쪽이다. 나의 감정을 남편 탓으로 돌리지 않을 수 없었던 나는 그가 아량을 베풀어주었으면 하는 바람에서 병에 든 브랜디를 한 잔 따라 주었다. 그는 자기가 알레스 출신으로 술통을 만드는 사람인데 생테티엔으로 일자리를 찾으러 가는 중이며, 농한기에는 성냥 만드는 위험한 일도 마다하지 않는다고 말했다. 그는 처음부터 아예 나를 브랜디 팔러 다니는 행상이라고 단정지었다.

9월 23일 월요일, 아침에 나는 가장 먼저 일어나 잘못이라도 저지른 사람처럼 서둘러 세수를 마쳤고, 술통 만드는 사람의 부인을 위해 자리를 비켜주었다. 그리고 우유를 한 사발 마신 다음 부세 주변을 둘러보려고 나섰다. 바람이 불고 지독하게 추워서 꼭 겨울 같은 잿빛 아침이었다. 안개 낀 구름이 낮고 빠르게 흘러갔다. 바람은 풀 한 포기 없는 고원 위에서 윙윙거렸고, 하늘에 아직도 여명의 오렌지색이 남아 있는 동쪽의 산들과 메젱크 산 뒤만 천연색 반점들로 얼룩져 있었다.

새벽 5시, 그곳은 해발 4천 피트 지점이었다. 나는 손을 호주머니에 집어넣고 빠른 걸음으로 걸었다. 사람들이 삼삼오오 짝을 지어 들일을 향해 걸어가다가 돌아서서 이방인을 빤히 쳐다보았다. 나는 지난밤에 그들이 늦게 집에 돌아오는 것을 보았는데, 다시 들에 나가는 그들을 보는 것이다. 부세의 삶이 이렇게 한마디로 요약되었다.

내가 아침식사를 하려고 여관으로 돌아왔을 때 여주인은 부엌에서 딸의 머리를 빗기고 있었다. 나는 머리가 예쁘다고 칭찬해주었다.

여주인이 대답했다.

"오, 아녜요. 원래는 더 예뻐야 하는데, 그렇지가 않네요. 보세요, 머릿결이 너무 가늘잖아요!"

지혜로운 농민은 이렇게 해서 자기가 불리한 신체

조건을 가진 것을 스스로 위로하고, 대다수의 결함이 아주 놀라운 민주적 절차에 의해 아름다움의 전형을 결정한다.

나는 물었다.

"바깥주인은 어디 계신가요?"

그녀가 대답했다.

"그 양반은 위층에서 당신께 드릴 몰이막대를 만들고 있답니다."

몰이막대라는 걸 만들어낸 사람에게 축복 있기를! 그걸 사용할 수 있게 해준 부세생니콜라 여관주인에게 축복 있기를! 나는 8분의 1인치가량의 핀이 달린 이 평범한 몰이막대를 여관주인에게서 건네받는 순간 꼭 검을 손에 쥔 것 같은 생각이 들었다. 그때부터 모데스틴은 나의 노예가 되었다. 몰이막대로 한 번 찌르자 모데스틴은 그토록 들어가 보고 싶어 했던 마구간 앞을 그냥 지나쳤다. 한 번 더 찌르자 그녀는 부지런히 종종걸음을 쳐서 단숨에 몇 마일을 달려갔다. 모든 것을 고려해볼 때 그렇게 놀라운 속도는 아니

당나귀와 함께한 세벤 여행

었지만, 최선을 다해 네 시간 만에 10마일을 갔다. 어제와 비교하면 정말 빨라진 것이다! 더이상 보기 흉하게 곤봉을 휘두를 필요가 없었다. 더이상 아픈 팔로 회초리질을 할 필요도 없었다. 더이상 날이 넓은 칼을 휘둘러댈 필요도 없었다. 이제 신사처럼 신중한 몸놀림으로 펜싱 동작만 취하면 되는 것이다. 그러니 쐐기 모양으로 생긴 모데스틴의 쥐색 엉덩이에 이따금 피가 한 방울씩 난들, 뭐 대수겠는가? 물론 나도 이러고 싶지는 않았다. 하지만 어제 모데스틴 때문에 하도 고생을 한 탓에 내게서 동정심 같은 건 아예 사라져버렸다. 이 삐딱한 작은 악마는 친절히 대해주었더니 영 말을 들으려고 하지 않았다. 그러니 찔러서라도 복종시킬 수밖에 없지 않은가?

몹시 춥고 으스스한 날씨였다. 프라텔로 이어지는 길에는 줄을 지어 성큼성큼 걸어가는 부인네들과 두 명의 우편배달부뿐, 쥐새끼 한 마리 눈에 띄지 않았다. 여기서는 한 가지 일 말고는 기억나는 게 없다. 목에 방울을 건 잘생긴 망아지 한 마리가 잔뜩 흥분하여 공동목축지에서 우리를 향해 단숨에 달려오더니 뭔가 굉장한 일이라도 하려는 사람처럼 용감하게 코를 킁킁거리다가 별안간 그의 푸르고 어린 가슴 속에서 생각이 바뀌었는지 되돌아서더니 바람에 방울소리를 딸랑거리며 오던 길을 전속력으로 달려 되돌아갔다. 그 후로 오랫동안 나는 그가 가슴을 펴고 똑바로 서 있는 우아한 자세를 보았고 그의 방울소리를 들었다. 큰길로 나섰는데도 전선電線에서 계속 같은 방울소리가 나는 듯했다.

프라델은 알리에 강이 저 아래로 흐르는 산 중턱의 비옥한 목초지에 둘러싸여 있었다. 사람들이 첫 번째 벌초 후 다시 난 풀들을 베느라, 돌풍이 부는 가을 아침에 주변이 때아닌 건초 냄새로 가득했다. 지평선을 향해 몇 마일을 계속 올라가야만 하는 알리에 강 맞은편의 땅은 검은 점처럼 보이는 전나무들, 그리고 언덕을 기어오르는 하얀 길들과 함께 햇볕에 그을린 듯 누르스름한 가을풍경을 만들어냈다. 이 모든 것 위에 한결같은 보라색 그림자를 드리우고 있는 구름은 우울해 보이면서도 좀 위협적이었고 높이와 거리를 과장되어 보이게 함으로써 리본처럼 비비 꼬인 길을 한층 더 높아 보이게 했다. 쓸쓸해 보이지만 여행자에게는 활기를 불어넣는 전망이었다. 나는 이제 블레 지방의 경계선에 와 있고, 그리고 내가 보고 있는 모든 것은 다른 지역, 즉 산이 많고 미개척인, 그러나 최근에는 늑대들에 대한 두려움 때문에 나무를 싹 다 베어버린 야생의 제보당 지역이었기 때문이다.

아, 늑대는 꼭 산적처럼 여행자가 앞으로 나아가는 것을 방해하는 것 같다. 유럽 땅은 어디를 가도 편안해서 당신은 모험다운 모험을 결코 해보지 못할 것이다. 그러나 그런 곳이 있다면, 여기가 바로 희망의 경계선이라 할 수 있다. 이곳은 영원히 기억될 야수, 늑대들의 나폴레옹 보나파르트가 출몰하는 땅이기 때문이다. 그는 정말 굉장한 삶을 살지 않았던가! 그는 제보당과 비바레의 자유로운 땅에서 10개월을 살았다. 그는 여자들과 아이들, "아름다움으로 찬양받던 여자 양치기들"을 잡아먹었다. 그는 무장한 기병들을 추격했다. 그가 대낮에 왕의 도로에서 4륜 역마차와 경호 선도자를 쫓아가고, 그들이 그를 피해 전속력으로 도망치는 모습이 목격되기도 했다. 그는 사상범처럼 지명수배되었고, 그의 머리에 만 프랑의 현상금이 걸렸다. 그러나, 보라! 결국 그가 총에 맞아 베르사유로 이송되었을 때, 그는 그냥 평범한 늑대였고, 심지어 평범한 늑대치고도 너무 작았다. "내가 극에서 극까지 갈 수 있다 해도." 알렉산더 포프[6]는 이렇게 읊었다. 그 키 작은 하사는 유럽을 뒤흔들어 놓았다. 만일 모든 늑대가 이 늑대 같았다면 인류의 역사는 바뀌었을 것이다. 엘리 베르테[7]는 그를 한 소설의 주인공으로 만들었다. 나도 이 소설을 읽어보았지만, 다시 한번 읽고 싶은 생각은 전혀 없다.

나는 서둘러 점심을 먹었다. "나무로 만들어졌지만 많은 기적을 행한" 프라델의 성모마리아 상을 꼭

---

6) Alexander Pope(1688~1744), 영국의 시인.
7) Élie Berthet(1815~1891), 프랑스의 소설가.

보고 가라고 권유한 여관 여주인의 바람은 충족시켜 주지 못했다. 그리고 45분가량 후에는 모데스틴을 닦달하여 알리에 강가에 자리 잡은 랑고뉴로 이어지는 가파른 내리막길을 내려가고 있었다. 길 양옆의 먼지 자욱한 넓은 밭에서 농부들이 내년 봄 농사를 준비하고 있었다. 목이 굵고 건장한 황소들이 50야드마다 한 마리씩 멍에에 묶여 끈기 있게 쟁기질을 하고 있었다. 순하게 생긴 황소 하나가 일을 하다 말고 별안간 모데스틴과 나에게 관심을 보였다. 그 황소가 파고 있는 밭고랑은 길모퉁이로 이어져 있었다. 그의 머리는 육중한 처마돌림 돌출장식 아래의 여인상 기둥처럼 멍에에 단단하게 매여 있었지만, 그는 주인이 쟁기를 돌려 다시 밭을 갈게 할 때까지 선해 보이는 큰 눈을 굴리며 생각에 잠긴 시선으로 우리를 계속 바라보았다. 고랑을 파는 이 모든 쟁기 날들과 황소들의 발, 여기저기서 괭이로 마른 흙덩이를 부수는 일꾼들로부터 생긴 연기처럼 미세한 먼지가 바람에 실려 날아갔다. 그것이야말로 살아 숨 쉬듯 생생하고 분주하며 멋진 시골 풍경이었다. 계속해서 내려가다 보니 제보당의 산악지대가 내 앞에서 하늘을 배경으로 끊임없이 치솟아 올라가고 있었다.

나는 그 전날 루아르 강을 건넜고, 이제 알리에 강을 건널 참이었다. 이 두 강은 상류에서는 서로 매우 근접해 있다. 내가 랑고뉴 다리에 막 도착하자 오랫동안 기다리던 비가 내리기 시작했다. 그때 예닐곱 살쯤 되어 보이는 여자아이가 고상한 말투로 내게 물었다. "어디서 오시는 거예요?" 아이가 너무 점잖게 어른처럼 말을 해서 나는 그만 웃음을 터트리고 말았다. 그러자 아이는 내심 깊은 상처를 받은 것 같았다. 아이는 분명 내게 경의를 표할 생각이었을 것이다. 아이는 내가 다리를 건너 제보당 지역으로 들어서는 동안 잔뜩 화난 표정으로 아무 말 없이 내 뒷모습만 지켜보고 있었다.

북부 제보당

이곳의 길 역시 먼지와 질척거림 때문에
걷는 사람을 무척이나 피곤하게 만들었다.
이 지역에는 원기를 회복시켜줄
여관도 식당도 없다.

– 존 번연, 《천로역정》

어둠 속의 야영

다음 날(9월 24일, 화요일), 나는 오후 2시까지 일기를 쓰고 배낭을 수리했다. 앞으로는 배낭을 메고 다니기로 했으니 더이상 바구니 때문에 고생할 일은 없을 것이다. 30분 뒤, 나는 메르스와르 숲 가장자리에 있는 르 셀라르 레베크를 향해 떠났다. 거기까지는 한 시간 반쯤 걸릴 거라고 했다. 나는 나귀를 끌고 간다면 같은 거리를 네 시간 안에 갈 수 있으리라는 나의 예상이 크게 빗나가지는 않을 것으로 생각했다.

랑고뉴에서 출발하여 길고 긴 언덕을 계속해서 올

라가는 내내 비와 우박이 번갈아 내렸다. 상쾌한 바람이 약하긴 하나 꾸준히 불었다. 뭉게구름(어떤 구름은 소나기의 장막을 힘들게 끌고 갔으며, 또 어떤 구름은 금방이라도 눈을 내리게 할 것처럼 환하게 빛을 내며 뭉쳐져 있었다)이 북쪽에서 서둘러 몰려오더니 길을 가는 나를 따라왔다. 나는 곧 알리에 강 유역의 경작지를 벗어나 소들이 풀을 뜯는 시골 풍경으로부터 멀어졌다. 황무지, 헤더가 무성한 습지, 바위와 소나무 지대, 가을의 황금색으로 보석처럼 빛나는 자작나무숲, 여기저기 작고 초라한 집들, 황량한 들판, 바로 이런 것들이 이 지역의 특징이다. 언덕과 골짜기를 지나면 다시 골짜기와 언덕이 나타난다. 양들이 다니는 풀이 무성하고 돌투성이인 길이 구불구불 이어지기도 하고, 서로 뒤얽히기도 하고, 서너 개로 갈라지기도 하고, 멀리 보이는 움푹 팬 늪지대에서 사라졌다가, 언덕의 사면이나 숲 가장자리에서 다시 드문드문 시작되기도 했다.

셀라르까지는 직접 가는 길이 없고, 끊겼다 이어지기를 되풀이하는 미로를 통과해 이 평탄하지 않은 지역을 지나가는 것은 결코 쉬운 일이 아니었다. 내가 사뉴루스라는 마을을 발견한 건 4시쯤이었다. 나는 확실한 출발점을 갖게 된 것을 기뻐하며 계속 걸었다. 두 시간쯤 후, 어둠이 순식간에 내려앉고 바람이 잦아들면서 나는 오랫동안 헤매던 전나무 숲을 겨우 벗어났다. 하지만, 내 눈앞에 나타난 것은 내가 찾고 있던 마을이 아니라 가파르고 미끄러운 언덕 사이에 자리 잡은 또 다른 늪지대였다. 조금 전까지만 해도 소의 방울소리가 들렸었는데, 숲을 빠져나오는 순간 열두 마리쯤 되는 소와 어쩌면 그보다 더 많아 보이는 검은색 형체들이 눈에 들어왔다. 안개가 끼어서 알아보기 힘든 탓에 형체가 과장되어 보이기는 했지만, 나는 그 형체들이 아이들이라고 추측했다. 이 형체들은 때로는 서로 손을 잡고, 또 때로는 손을 놓고 아무 말 없이 원을 이루어 빙글빙글 돌았다. 아이들의 춤은 원래 매우 유쾌하고 순수한 감정을 불러일으키는 법이다. 하지만 어둠이 내리는 시간에 늪지대에서 그 모습을 보고 있자니 왠지 으스스하고 기이했다. 허버트 스펜서[8]의 열렬한 독자인 나조차도 뭔가 침묵 같은 것이 일순 마음 한구석에 내려앉는 것이 느껴졌다. 그다음 순간, 나는 마치 다루기 힘든 배를 넓은 바다로 몰고 가듯 모데스틴의 엉덩이를 몰이막대로 찔러 앞으로 나아가게 했다. 큰길로 나서자 모데스틴은 꼭 배가 순풍을 만난 듯 제멋대로, 그러나 집요하게 앞으로 걸어 나갔다. 하지만 풀밭이나 헤더가 무성한 땅에 들어서면 이 동물은 미친 듯이 날뛰었다. 길 잃은 여행자가 원을 그리며 뱅뱅 도는 경향이 하나의 열정이 될 정도로 모데스틴 안에서 발달하는 바람에, 들판 하나를 그럭저럭 똑바로 지나가려고만 해도 내가 아는 나귀몰이 기술을 모두 동원해야만 했다.

이렇게 내가 필사적으로 습지를 지나가는 동안 아이들과 소 떼가 흩어지기 시작하더니 결국은 여자아

---

8) Herbert Spencer(1820~1903), 빅토리아 시대의 이론가로서 진화론과 사회적 다윈주의에서 가장 중요한 인물이다.

당나귀와 함께한 세벤 여행

이 두 명만 뒤에 남았다. 이들에게서 나는 내가 갈 곳의 방향을 알아내려고 애썼다. 대체로 농부들은 여행자에게 길을 잘 안 가르쳐 주는 경향이 있다. 어느 고약한 노인은 그냥 자기 집 안으로 쏙 들어가더니 내가 다가가자 문을 잠가 버렸다. 나는 문을 두드리면서 목이 쉬도록 소리쳤으나 그는 들은 척도 하지 않았다. 나중에 알게 된 사실인데, 어떤 사람은 자기가 가르쳐준 길을 내가 잘못 알아들었다는 사실을 알았으면서도 내게 아무 신호도 해주지 않고 내가 엉뚱한 방향으로 가는 것을 그냥 쳐다보기만 했다. 그는 내가 밤새도록 산길을 헤매고 다닌다 한들 눈 하나 깜짝하지 않았을 것이다. 이 두 여자아이로 말하자면, 장난치는 것 말고는 아무 생각이 없는 무례하고 교활한 계집애들이었다. 한 아이는 나를 보며 혀를 쏙 내밀었고, 또 한 아이는 나더러 소들을 따라가라고 말했다. 그러더니 킥킥거리며 서로를 팔꿈치로 쿡쿡 찔러댔다. 제보당의 야수가 이 지역의 아이들 백 명 정도를 잡아먹었다고 하는데, 이 아이들을 보며 나는 이 야수에게 공감했다.

나는 여자아이들을 뒤로 한 채 늪지대를 빠져나와 또 다른 숲의 잘 닦여진 길로 들어섰다. 날은 점점 더 어두워졌다. 모데스틴은 문득 장난기가 동했는지 제가 알아서 더 빨리 걸었다. 그 덕분에 나는 더이상 모데스틴 때문에 골치 아파하지 않아도 되었다. 내가 모데스틴에게도 지능 같은 게 있다는 사실을 알아차리게 된 것은 그때가 처음이었다. 그때 차가운 바람이 돌풍처럼 세차게 불더니 구름이 북쪽에서 몰려와 많은 양의 비를 다시 한 차례 뿌렸다. 나는 숲 저편의 어둠 속에서 붉은색 창문 몇 개를 보았다. 그곳은 자작나무 숲 근처의 언덕에 집 세 채가 있는 푸질릭이라는 아주 작은 마을이었다. 여기서 나는 정말 마음에 드는 노인 한 사람을 만났다. 그는 비가 내리는데도 내가 셀라르로 이어지는 길에 확실히 들어설 때까지 동행해주었다. 그는 내가 사례를 하려고 하자 위협이라도 하듯 두 손을 머리 위로 올려 흔들면서 쩌렁쩌렁 울리는 이 지방 사투리로 극구 사양했다.

당나귀와 함께한 세벤 여행

드디어 모든 게 잘 되어가는 듯했다. 내 생각은 저녁식사와 난롯가로 향하기 시작했고, 마음이 가슴 속에서 기분 좋게 부드러워졌다. 아, 그렇지만! 나는 더 큰 불행을 맞이하게 되었다! 갑자기, 정말 순식간에 어둠이 내린 것이었다. 어두운 밤에 집 밖에 있어 본 적이 많았지만, 이날처럼 어두컴컴했던 적은 없었다. 내가 구분할 수 있는 건 어렴풋이 보이는 바위와 희미하게 보이는 잘 닦인 오솔길, 그리고 솜이 뭉쳐져 있는 것처럼 보이는 나무들뿐이었다. 머리 위의 하늘은 단지 어둠에 불과했고, 심지어 떠다니는 구름조차 식별할 수 없었다. 내 손과 길을 구분할 수 없었고, 들고 있는 막대기와 목초지와 하늘도 구분할 수 없었다.

원래 시골길이 그렇듯이, 내가 따라가고 있던 길이 돌투성이 목초지에서 서너 갈래로 갈라져 버렸다. 모데스틴이 다져진 길을 좋아한다는 것을 알고 있던 나는 이 궁지에서 그녀가 본능적으로 어떤 길을 선택하는지 보기로 했다. 그러나 나귀의 본능은 전혀 믿을 만한 게 못 된다. 30분도 채 안 되어 모데스틴은 독자 여러분이 보고 싶어 했을 길 잃은 나귀의 모습으로 몇 개의 바위 사이를 뱅뱅 돌며 힘겹게 길을 기어오르고 있었다. 장비만 제대로 갖추었더라면 나는 벌써 야영을 했을 것이다. 그러나 그날은 다른 날보다 짧게 걸을 예정이었기에 내가 먹을 빵은 아예 가져오지도 않았고, 모데스틴이 먹을 빵만 겨우 1파운드 조금 넘게 가져왔을 뿐이었다. 게다가 나와 모데스틴 모두 소나기를 맞아서 온몸이 흠뻑 젖은 상태였다. 그렇긴 해도 물만 조금 있었다면 이 모든 상황에도 불구하고 즉시 야영을 했을 것이다. 그러나 물이라곤 오직 빗물 뿐이었다. 나는 푸질릭 마을로 돌아가기로 결정하고 내가 가야 할 길을 조금 더 안내해줄 안내자를 찾기로 했다. '나를 이끌어줄 손을 조금만 더 빌려주오.'

결심하기는 쉬웠지만, 그 결심을 실행에 옮기는 건 쉬운 일이 아니었다. 이 울부짖는 짙은 어둠 속에서는 바람의 방향을 제외하고는 그 어느 것도 확실하지 않았다. 바람을 뚫고 걸어갔다. 길이 사라져버렸다. 넓은 늪지대를 지나가기도 하고 모데스틴은 기어오를 수 없는 높은 장애물에 막혀 당황해하기도 하면서 그 지역을 간신히 통과한 끝에 우리는 붉은색 창문이 몇 개 보이는 곳에 도착했다. 그런데 이번에는 창문들이 다른 모습으로 배치되어 있었다. 그곳은 푸질릭이 아니라 푸질락으로서, 이 두 마을은 공간상으로는 그다지 멀리 떨어져 있지 않았지만 주민들의 정신세계는 멀리 떨어져 있는 듯했다. 나는 모데스틴을 나무에 매어놓은 다음 바위에 발이 걸려 비틀거리기도 하고 늪에 무릎이 빠지기도 하면서 더듬더듬 걸어간 끝에 마을 입구에 이르렀다. 첫 번째 불 켜진 집에는 한 여인이 있었지만, 그녀는 내게 문을 열어주려고 하지 않았다. 그녀는 자기가 혼자 살고 다리를 절어서 아무 도움도 줄 수 없지만, 옆집에 사는 남자가 마음이 있다면 도와줄 수 있을 거라고 문틈으로 소리쳤다.

옆집에서 한 남자와 두 여자, 그리고 한 소녀가 여행자를 살펴보기 위해 등을 두 개 들고 몰려나왔다.

남자는 험악해 보이지는 않았지만, 뭔가 찔리는 게 있는 듯한 눈빛이었다. 이 남자는 문설주에 등을 기댄 채 내 사정 이야기를 들었다. 내가 부탁한 건 셀라르까지 길을 안내해줄 사람을 구한다는 것뿐이었다.

그러자 이 남자가 말했다.

"보시다시피 날이 어두워요."

나는 그래서 도움이 필요한 거라고 대답했다.

그러자 그가 불편한 표정을 지었다.

"이해합니다. 하지만 힘들어요….'

나는 사례를 하겠다고 말했다. 하지만 그는 고개를 저었다. 나는 사례비를 10프랑으로 올렸다. 그러나 그는 계속해서 고개를 저었다.

그래서 나는 어느 정도의 금액을 원하는지 말해보라고 했다.

그러자 그가 무척이나 힘들어하면서 대답하는 것이었다.

"그게 아니라… 난 문밖에 나가고 싶지 않아요… 집 밖으로 나가고 싶지 않다고요."

당나귀와 함께한 세벤 여행

나는 살짝 화가 났지만, 꾹 참고 내가 어떻게 해주면 좋겠냐고 물었다.

그가 대답 대신 물었다.

"셀라르까지 갔다가, 그다음에는 어디로 갑니까?"

나는 그의 짐승 같은 호기심을 충족시켜줄 생각이 없었기에 이렇게 쏘아붙였다.

"그건 당신이 알 바가 아녜요. 그걸 당신에게 알려준다고 해서 지금 내가 처한 상황이 달라지는 건 아니잖소?"

그러자 그는 웃으며 내 말을 인정했다.

"맞아요. 당신 말이 맞아요. 그런데 지금 어디서 오시는 길인가요?"

이런 상황에서는 아무리 도덕군자라도 짜증이 날 수밖에 없을 것이다.

"오, 이제 당신이 무슨 질문을 해도 대답하지 않을 겁니다. 그러니 괜히 힘들게 이것저것 물어보지 마세요. 나는 이미 많이 늦었어요. 그래서 도움이 필요합니다. 그러니 당신이 직접 나를 안내해줄 수 없다면 최소한 그 일을 해줄 만한 사람을 찾을 수 있도록 도와주세요."

그가 갑자기 소리쳤다.

"잠깐만요. 아까 날이 환할 때 목초지를 지나간 게 당신 아니었나요?"

그러자 여태까지 내가 그 존재를 알아차리지 못했던 소녀가 나서서 말했다.

"맞아요, 맞아. 이 아저씨가 맞아요. 제가 암소를 따라가라고 말해주었어요."

그 말을 듣고 나는 이렇게 소리쳤다.

"너 말이다. 어른을 그렇게 놀려먹으면 안 된다."

남자가 나섰다.

"원, 세상에! 근데 지금까지 여기서 뭘 하는 겁니까?"

원 세상에! 나는 여전히 그곳에 있었다.

"중요한 건 이 문제를 해결하는 겁니다."

나는 이렇게 말한 뒤 다시 한번 안내인을 한 사람 찾도록 도와주면 좋겠다고 덧붙였다.

그러자 그가 다시 같은 대답을 되풀이했다.

"왜냐하면… 왜냐하면 날이 어두워서요….'

"좋아요. 그러니 등 갖고 나와요."

그러자 그는 자신의 마음을 드러내기가 망설여지는지 다시 한번 자기가 마지막으로 했던 말 뒤로 숨으며 말했다.

"아니, 나는 집 밖으로 나가지 않을 겁니다."

나는 그를 살펴보았다. 그의 얼굴에서는 노골적인 두려움이 노골적인 수치심과 힘들게 싸우고 있었다. 그는 꼭 나쁜 짓을 하다 들킨 아이처럼 불쌍하게 미소 지으며 혀로 입술을 핥고 있었다. 나는 내가 처한 상황을 간단히 설명하고 어떻게 해야 할지 물었다.

하지만 그는 여전히 같은 말만 되풀이할 뿐이었다.

"몰라요. 난 집 밖으로 나가지 않을 겁니다."

맞다. 바로 이곳에 제보당의 야수가 출현했었다.

나는 퉁명스러운 어조로 말했다.

"이봐요. 당신은 겁쟁이군요."

이렇게 말한 뒤 나는 그 가족에게서 등을 돌렸고,

그들은 서둘러 그들의 성채 안으로 피신했다. 그리고 문이 닫혔다. 문이 천천히 닫혔기 때문에 나는 그들의 웃음소리를 들을 수 있었다. 나는 그들이야말로 제보당의 야수들이라고 말하고 싶다.

그들이 환한 등을 들고 내 앞에 서 있었기 때문에 눈이 부셨던 나는 갑자기 어둠속으로 들어가자 앞이 잘 안 보여 바위와 쓰레기더미 사이를 힘겹게 헤치고 걸어가야만 했다. 마을의 다른 집들은 모두 불이 꺼져 어두웠고 침묵에 잠겨 있었다. 이집 저집 다니며 문을 두드렸지만 아무도 응답하지 않았다. 곤경에 처한 나는 욕을 퍼부으며 푸질락에서 도움받는 걸 포기했다. 비는 그쳤는데 계속 바람이 불어 입고 있던 코트와 바지가 마르기 시작했다. 나는 생각했다. '좋아. 물이 있든 없든 상관 말고 야영을 하자.' 그러나 그 전에 우선 모데스틴에게로 돌아가야만 했다. 모데스틴을 찾아 족히 20분은 어둠 속에서 헤맸던 것 같다. 방향을 짐작할 수 있게 해준 그 빌어먹을 웅덩이에 또다시 빠지지 않았더라면 나는 아마 새벽까지 모

당나귀와 함께한 세벤 여행

데스틴을 찾아다녔을 것이다. 내가 그다음으로 할 일은 차가운 돌풍을 피해 숲속에서 피신처를 찾는 것이었다. 나무가 이렇게 무성한 숲속에서 피신처 하나 찾는 일에 왜 그리 긴 시간이 필요했을까? 이날 내가 벌인 모험에서 왜 이런 일이 일어났는지는 또 하나의 풀리지 않는 수수께끼다. 야영할 장소를 찾아내는 데 거의 한 시간 가까이 걸렸으니 말이다.

마침내 왼쪽으로 검은 나무들이 보이기 시작했고, 길을 가로지르자마자 오른쪽 정면에서 칠흑 같은 어둠에 싸인 동굴 하나가 나타났다. 내가 일체의 과장 없이 동굴이라고 부르는 것은, 아치 모양의 나뭇가지 아래로 들어갈 때 꼭 지하 감옥에 들어가는 듯한 느낌이 들었기 때문이다. 나는 단단한 나뭇가지 하나를 손으로 더듬더듬 찾아내어 거기에 비에 흠뻑 젖어 초췌한 모습으로 풀이 죽어 있는 모데스틴을 메어놓았다. 그러고 나서 짐을 내려 길 가장자리의 벽 아래 죽 늘어놓은 다음 가죽끈을 풀었다. 나는 등이 어디 있는지 잘 알고 있었다. 그런데 양초는 어디 있지? 쏜

아진 물건들을 이것저것 만져보던 내 손에 알코올램프가 만져졌다. 살았다! 알코올램프 역시 나에게 큰 도움이 될 것이다. 바람이 웅웅거리는 소리를 내며 나무들 사이로 끊임없이 불어왔다. 나는 숲에서 반 마일 반경 안에 있는 나뭇가지들이 흔들리고 잎들이 우수수 떨어지는 소리를 들을 수 있었다. 내가 야영을 하는 장소는 광산의 갱도처럼 어두웠지만 대신 바람과 비로부터 나를 거의 완벽하게 보호해주었다. 두 번째 성냥으로 겨우 램프의 심지에 불을 붙였다. 불빛이 희미하게 흔들렸다. 그러나 이 불빛은 나를 우주로부터 격리하여 나를 둘러싸고 있는 밤의 어둠을 한층 더 짙게 만들었다.

나는 모데스틴이 더 편안한 자세를 취할 수 있도록 다시 묶어준 다음 검은 빵을 절반으로 나누어 한쪽을 저녁식사로 주고 나머지는 아침식사 용으로 남겨두었다. 그러고 나서 내게 필요한 것들을 손이 닿을만한 곳에 놓고는 젖은 부츠와 각반을 벗어 방수복으로 썼다. 그런 다음 배낭을 침낭 덮개 아래 집어넣어 베개처럼 만들고, 그 안으로 팔다리를 집어넣고 버클을 채워 마치 밤비노처럼 내 몸을 감쌌다. 볼로냐 소시지 통조림을 따고 초콜릿 케이크를 잘랐다. 먹을 거라곤 이게 다였다. 역겹게 들릴지 모르겠으나, 나는 마치 빵과 고기를 함께 먹듯 소시지와 케이크를 함께 야금야금 먹어치웠다. 이 역겨운 혼합물을 씻어 내릴 수 있는 건 오직 그 자체로 역겨운 음료인 물 안 탄 브랜디뿐이었다. 그러나 시장이 반찬이라는 말도 있지 않은가? 나는 매우 배가 고팠던 나머지 너무나 잘 먹고 잘 마셨으며, 이제껏 피워본 것 중에서 가장 맛있는 담배를 피웠다. 그리고 밀짚모자 위에 돌을 하나 올려놓고 가죽모자의 덮개를 목과 눈까지 끌어당긴 다음 권총을 손이 닿는 곳에 놓은 뒤 따뜻한 양가죽 침낭 속으로 들어갔다.

처음에는 내가 과연 잠을 잘 수 있을지 궁금했다. 내 마음이 처음 느끼는 기분 좋은 흥분상태에 빠지기라도 한 듯 심장이 평소보다 빨리 뛰었기 때문이다. 그런데 내 눈꺼풀은 닫히자마자 섬세한 아교가 그 사이로 스며든 것처럼 다시는 열리지 않았다. 나무 사이로 불어오는 바람이 자장가로 변해 나를 재웠다. 바람은 세지지도 약해지지도 않고 한결같이 윙윙 소리를 내며 불었다. 그러다가 다시 마치 거대한 물통처럼 부풀어 올라 굉음과 함께 폭발하자 나무들이 오후에 가지에 머금었던 굵은 빗방울을 내게로 뿌려댔다. 매일 밤 나는 시골에 있는 내 침실에서 바람이 숲속에서 벌이는 이 혼란스러운 연주회에 귀를 기울이곤 했다. 그러나 이곳 나무들이 내가 사는 시골의 나무들과 달라서인지, 아니면 땅이 환상을 불러일으켜서인지, 그것도 아니면 내가 세찬 바람의 한가운데 있어서인지는 몰라도 제보당의 숲에서는 바람이 다른 곡조로 노래를 불렀다. 나는 귀를 기울여 듣고 또 들었다. 그러는 동안 잠이 조금씩 내 몸을 차지하면서 내 생각과 감각을 억눌렀다. 그러나 나는 깨어 있는 마지막 순간까지도 주변에서 나는 소리에 귀를 기울이며 거기에 있는 사물을 구분해내려고 애썼다. 귀에 들려오는 낯선 소리가 도대체 어디서 나는 것일까

궁금해한 것이 내가 마지막으로 의식한 것이었다.

한밤중에 나는 두 차례(한 번은 배낭 밑에 박힌 돌 하나가 나를 불편하게 해서였고, 또 한 번은 참을성 있는 불쌍한 모데스틴이 화가 난 나머지 발로 땅을 긁어대고 짓밟아서였다) 아주 잠깐 의식이 돌아와 머리 위에서 하늘을 배경으로 또렷하게 드러난 레이스 모양의 나뭇잎 끝부분과 한두 개의 별을 보았다. 세 번째로 잠에서 깼을 때(9월 25일, 수요일) 세상에는 새벽을 예고하는 푸른색 빛이 넘쳐나고 있었다. 나는 바람에 심하게 흔들리는 나뭇잎들과 리본처럼 구불구불한 길을 보았다. 그리고 고개를 돌리니 건너편 길 한가운데쯤의 너도밤나무에 매인 채 극도로 참을성 있게 기다리고 있는 모데스틴의 모습이 보였다. 나는 다시 눈을 감고 지난 밤 있었던 일에 대해 생각하기 시작했다. 그처럼 바람 불고 비 오는 날씨에 어떻게 그렇게 편안하고 쾌적하게 밤을 보낼 수 있었던지가 놀랍기만 했다. 내가 칠흑 같은 어둠 속에서 아무 데서나 야영을 하지 않았더라면, 나를 짜증스럽게 한 돌도 그곳에 없었을 것이다. 침낭에 뒤섞여 들어 있던 물건들 가운데 페이렛의 《사막의 목자들》 하권이나 랜턴이 발에 닿아서 걸리적거리던 것을 빼고는 별다른 불편함을 느끼지 않았다. 게다가 추위도 느끼지 않은 채 놀라울 만큼 가볍고 상쾌한 기분으로 눈을 떴다.

나는 몸을 추스른 다음 다시 부츠를 신고 각반을 찼다. 그리고 모데스틴에게 주려고 남겨둔 빵을 뜯어 먹으며 내가 잠에서 깨어난 곳이 도대체 어디쯤인지 가늠해보려고 이리저리 다녀보았다. 여신에게 홀려 이타카 섬에 남겨진 율리시스도 나보다 더 유쾌한 기분으로 숲속을 걷지는 않았을 것이다. 초기의 영웅적 여행자들처럼 나도 평생 감정에 좌우되지 않는 순수한 모험을 추구해왔다. 이렇게 해서 나는 지구상에 출현한 최초의 인간처럼 자기 주변에 대해 아무것도 모르고 남쪽과 북쪽도 구분하지 못하는 육지의 조난자가 되어 어느 날 아침 우연히 제보당 지역에 있는 어느 숲 언저리에서 깨어났다. 내가 매일 꾸던 백일몽이 일부 실현된 것이다. 나는 너도밤나무 몇 그

당나귀와 함께한 세벤 여행

루가 드문드문 섞여 있는 작은 자작나무 숲의 가장
자리에 서 있었다. 이 숲의 뒤쪽으로는 또 다른 전나
무 숲이 연결되고, 앞쪽은 숲이 끝나면서 탁 트인 나
지막한 목초지 같은 계곡으로 이어져 있었다. 주변
의 헐벗은 산봉우리들은 시야가 가로막히냐 열리냐
에 따라 어떤 것은 가깝게 보이고 또 어떤 것은 멀게
보였다. 그 산봉우리들 가운데 어느 것도 다른 것보
다 더 높아 보이지는 않았다. 바람이 세차게 불자 나
무들이 형체를 분간하기 힘들 정도로 서로 뒤엉켰다.
자작나무 숲에서 가을의 황금빛 반점들이 가볍게 흔
들리고 있었다. 머리 위에서는 끈과 조각 모양의 구
름들이 마치 바람에 쫓겨 다니기라도 하는 것처럼 이
리저리 날아가고 사라지고 다시 나타나다가 공중제
비하는 사람처럼 한 바퀴 돌기도 하면서 하늘을 가득
메웠다. 지독하게 추운 데다 비바람까지 몰아치는 날
씨였다. 나는 추위로 손가락이 마비되기 전에 초콜릿
케이크 몇 조각을 먹고, 브랜디를 한 모금 마시고, 담
배도 한 개비 피웠다. 내가 이 모든 걸 끝낸 다음 짐

을 꾸려 짐 안장에 묶고 나니 동쪽의 문턱에서 해가 발돋움을 하고 있었다. 우리가 길을 따라 몇 걸음 가지도 않았는데 해가 여전히 내게는 모습을 드러내지 않은 채 동쪽 하늘을 따라 늘어서 있는 구름 낀 산 위로 눈부신 황금빛을 퍼트렸다.

바람이 등 뒤에서 불어와 우리는 순풍에 돛 단 배처럼 빠르게 전진했다. 나는 코트의 단추를 다 채운 뒤 길 가다 만나는 사람 모두를 즐겁게 맞이하겠다는 마음으로 걸어갔다. 그런데 모퉁이를 돌아서는 순간 푸질릭 마을이 또다시 눈앞에 나타났다. 그뿐만이 아니었다. 그 전날 밤에 나를 멀리까지 데려다주었던 노인이 나를 보더니 깜짝 놀라서 두 손을 쳐들고 집에서 달려 나왔다.

그가 소리쳤다.

"아니, 젊은이, 이게 도대체 어찌 된 일이오?"

나는 그에게 어젯밤에 일어난 일을 얘기해주었다. 그는 노쇠한 자신의 두 손을 마치 방앗간의 물갈귀판처럼 서로 부딪치며 나를 혼자 보낸 자신이 너무 경

솔했다고 자책하다가 푸질락의 그 남자 얘기를 듣자
화를 내며 언짢아했다.

그가 말했다.

"적어도 이번에는 실수하지 않을 겁니다."

그리고 그는 심한 류머티즘에 걸린 다리를 절뚝거
리면서도 내가 그토록 애타게 찾아 헤맸던 목적지인
셀라르가 보이는 곳까지 거의 반 마일이나 나를 배웅
해주었다.

셀라르와 뢱

솔직히 말해서 이 마을은 과연 내가 그렇게까지 찾
아다닐 만한 가치가 있었는지 의심스러웠다. 셀라르
는 딱히 거리라고 부를 만한 것도 없고, 잇달아 나타
나는 빈터에 통나무와 장작만 쌓여 있는 쇠락해가는
마을에 불과했다. 기울어진 십자가 두 개, 낮은 언덕
위에 서 있는 노트르담드투트그라스 예배당. 이 모든

것이 산악지대의 헐벗은 계곡 구석을 흐르는 강의 강변에 자리 잡고 있었다. 나는 나 자신에게 물었다. 너는 도대체 뭘 보러 온 거야? 그러나 이곳도 그 자체의 생명을 갖고 있었다. 나는 과거에 셀라르가 벌였던 관대한 행위들을 기념하는 내용이 적힌 판자 하나가 다 쓰러져가는 작은 교회에 마치 현수막처럼 걸려 있는 것을 보았다. 판자에는 1877년에 이곳 주민들이 "신앙전도사업"을 위해 48프랑 10상팀을 기부했다는 내용이 적혀 있었다. 나는 이 가운데 일부가 내 고향을 위해 쓰였기를 바랐다. 발퀴더와 던로스니스[9]가 로마의 무지를 한탄하고 있는 동안, 셀라르의 주민들은 에딘버러의 어둠에 빠진 영혼들을 구하기 위해 함께 푼돈을 모았다. 이렇게 천사들의 지고한 즐거움을 위해 우리는 마치 눈싸움하는 학생들처럼 서로 선교사들을 보내며 공격했다.

이번 여관도 매우 소박했다. 형편이 그리 어려워

---

9) 스코틀랜드의 지명.

보이지는 않았는데, 침대와 요람, 옷가지, 접시걸이, 찬장, 교구목사의 사진 등, 가족의 가구 전부가 부엌에 나와 있었다. 아이가 다섯 명이었는데, 그중 한 명은 내가 도착한 직후 계단 밑에서 아침기도를 시작했고, 여섯 번째 아이는 머지않아 태어날 예정이었다. 이 착한 사람들은 나를 친절히 맞아주었다. 그들은 내가 겪었던 불운에 대해 큰 관심을 보였다. 내가 그 전날 밤 야영을 했던 숲은 그들의 소유였다. 그들은 푸질락의 그 남자야말로 사악한 인간이라면서 그를 법정에 세우라고 내게 적극적으로 충고했다. 하마터면 내가 죽을 뻔했다는 것이었다. 친절한 여관 안주인은 내가 크림을 걷어내지 않은 우유를 벌컥벌컥 들이마시는 것을 보고 질겁하며 말했다.

"그러면 큰일 나요. 제가 데워다 드릴게요."

나는 이 맛있는 음료와 함께 아침을 시작했고, 할 일이 산더미처럼 많은 여주인은 내가 직접 초콜릿 차를 한 사발 타 마시는 걸 허락했다. 아니, 그렇게 해달라고 부탁했다. 각반과 부츠를 말리려고 줄에 매달아 놓고는 내가 일기를 쓰기 위해 일기장을 무릎에 올려놓자, 그걸 보던 큰딸이 나를 위해 경첩이 달린 테이블을 난롯가로 가져다주었다. 여기서 나는 글을 쓰고, 초콜릿 차를 마시고, 출발하기 전에 마지막으로 오믈렛도 먹었다. 테이블에는 먼지가 잔뜩 내려앉아 있었는데, 그들의 설명에 따르면, 그것은 겨울에만 사용하기 때문이었다. 환기구를 올려다보자 거무스름한 그을음 덩어리와 푸른 연기 너머로 하늘이 또렷하게 보였다. 그리고 잔가지를 한 줌씩 집어 불 속에 던질 때마다 내 다리는 불길에 뜨겁게 달구어졌다.

여주인의 남편은 인생을 노새몰이꾼으로 시작한 사람이었다. 그는 내가 모데스틴에게 짐을 실으려고 하자 자신이 얼마나 용의주도하고 빈틈없는 기술을 지녔는지를 직접 보여주었다. 그는 말했다. "짐을 이런 식으로 실으면 안 됩니다. 둘로 나눠서 실어야 해요. 그러면 두 배는 더 실을 수 있거든요."

나는 짐의 무게를 두 배로 늘릴 생각이 없다고 대답했다. 이 세상에 존재하는 어떤 나귀를 위해서도 내 침낭을 둘로 자르는 일은 절대 하지 않을 것이다.

그러자 여관주인이 말했다.

"하지만 그렇게 하면 나귀가 피곤해합니다. 걸을 때 굉장히 힘들어한다고요. 자, 보세요."

오, 세상에! 모데스틴의 앞다리 안쪽은 생살이 드러나 있었고, 꼬리 아래에서는 피가 흐르고 있었다. 내가 여관을 떠날 때, 그들은 며칠 안 지나서 내가 마치 개를 사랑하듯 모데스틴을 사랑하게 될 것이라고 말했고, 나도 그들 얘기를 믿을 준비가 되어 있었다. 여행을 시작한 지 사흘이 지났고, 우리는 그동안 몇 번의 어려운 일을 겪었다. 하지만, 내 마음은 내 짐을 싣고 가는 이 짐승에게 여전히 냉랭하기만 했다. 모데스틴은 겉으로는 꽤 똑똑해 보이지만 사실은 멍청하기 짝이 없다는 것을 증명해 보였다. 물론 이런 우둔함은 끈기에 의해 상쇄될 때도 있었지만, 순간적인 경솔함과 잘못된 판단으로 더 악화되기도 했다. 그리고 이제 모데스틴에게 또 하나의 불만을 느끼게 된 것이다. 침낭을 비롯한 몇 가지 필수품조차 지고 가

지 못한다면 나귀라는 동물을 도대체 어디에 써먹는
단 말인가? 내가 모데스틴을 업고 가야만 하는 우스
꽝스러운 이솝우화의 결말이 빠르게 다가오는 듯했
다. 이솝이야말로 세상의 이치를 아는 인물이었다.
나는 그날의 짧은 여정에 대해 이런저런 걱정을 하며
무거운 마음으로 길을 떠났다.

   길을 가면서 내 마음을 짓누른 것은 모데스틴에 대
한 걱정뿐만이 아니었다. 모든 상황이 견디기 힘들
정도로 답답했다. 우선은 바람이 너무 세게 불어서
셀라르에서 뤽까지 가는 내내 내가 한 손으로 짐을
붙잡고 가야만 했다. 게다가, 내가 가는 길은 이 세상
에서 가장 황량한 지역으로 나 있었다. 이곳은 춥고
헐벗고 척박하며 나무나 헤더 같은 생명체도 없어서
스코틀랜드의 하이랜드 지역에서도 최악의 지역과
비슷했다. 길 하나와 울타리 몇 개만 보이는 황무지
가 끝도 없이 펼쳐졌고, 눈이 많이 내릴 때 길을 보여
주기 위한 수직기둥이 길을 따라 늘어서 있다.

   매우 창의적인 나의 정신으로도 도대체 왜 사람들

당나귀와 함께한 세벤 여행

은 뢱이나 셸라르를 방문할 생각을 하는지 당최 이해할 수 없었다. 나는 어딘가로 가기 위해서가 아니라 그냥 가기 위해 여행한다. 여행 그 자체를 위해 여행하는 것이다. 중요한 것은, 움직이면서 우리가 살아가는 데 필요한 것과 장애가 되는 것을 더 가까이서 느끼는 것, 문명의 포근한 침대를 박차고 나와 날카로운 부싯돌이 박혀 있는 둥근 화강암을 발밑에서 느껴보는 것이다. 아! 우리는 살면서 남보다 앞서가려고 일에 더 몰두하다 보면 심지어는 휴가 때도 일을 해야만 한다. 안장에 올려놓은 짐을 붙잡고 살을 에듯 차가운 북풍을 맞으며 걸어가는 건 금전적으로 아무런 이익도 안 되는 일이지만, 마음을 사로잡아 가다듬는 데 도움이 된다. 현재가 이렇게 힘든데 도대체 누가 미래에 대해서까지 짜증을 낼 수 있단 말인가?

나는 드디어 알리에 강 위로 나왔다. 이 계절에 이보다 더 볼품없는 풍경을 상상하기도 쉽지 않을 것이다. 경사진 언덕이 사방에서 강을 둥글게 둘러싸고 있었으며, 이쪽에는 숲과 들판이 드문드문 보였고 저쪽에는 헐벗은 봉우리와 소나무로 뒤덮인 봉우리가 번갈아 눈에 들어왔다. 색조는 대체로 흰색이나 회색이었고, 검은 점처럼 보이는 뢱 성의 폐허에서 하나로 모였다. 내 발밑으로부터 오만하게 솟아 나온 이 뢱 성의 꼭대기에는 무게가 무려 5천 킬로그램에 달하며 10월 6일에 봉헌될 예정이라고 해서 나의 관심을 끈 거대한 성모마리아 상이 서 있었다. 알리에 강이 이 황량한 풍경을 가로질러 흐르고, 거의 같은 폭의 지류가 나무 한 그루 풀 한 포기 보기 힘든 광활한 비바레 계곡을 거쳐 알리에 강과 합류했다. 날은 밝았지만 구름이 마치 전투 함대처럼 뭉쳐 있었다. 그러나 세찬 바람이 여전히 하늘에서 구름을 몰고 다니면서 그림자와 햇빛이 만들어낸 볼품없는 얼룩이 풍경 위에 흔적을 드리웠다.

뢱은 두 줄로 드문드문 늘어선 집들이 언덕과 강 사이에 쐐기 모양으로 끼어 있는 마을이었다. 이 마을은 그렇게나 무거운 새로운 성모마리아 상이 서 있

당나귀와 함께한 세벤 여행

는 저 높은 곳의 아주 오래된 성을 제외하고는 아름답지도 않고 별다른 특색도 없는 곳이었다. 그러나 여관은 넓고 깨끗했다. 부엌에는 깨끗한 체크무늬 커튼으로 가려져 있는 상자 모양의 침대 두 개와 넓은 돌 굴뚝, 그리고 등과 성상聖像, 상자, 째깍거리는 시계 두 개가 놓인 4야드 길이의 굴뚝 겸 선반이 있어서, 이상적인 부엌의 모습을 잘 보여주었다. 즉 변장한 귀족이나 산적들에게 어울리는 멜로드라마 스타일의 부엌이었다. 기품 있고 과묵하고 피부가 검으며 수녀처럼 검은 옷을 입고 검은 수건을 쓴 나이든 여관 안주인의 존재도 부엌의 이런 분위기를 깨트리지는 못했다. 심지어는 공동침실도 족히 50명은 식사를 할 수 있을 듯하고, 수확을 축하하기 위해 마련된 듯한 기다란 전나무 식탁과 의자들이 놓여 있고 상자 모양의 침대 세 개가 벽을 따라 설치되어 있어서 나름대로 특징을 갖추고 있었다. 이 침대들 중 하나에 짚을 간 다음 식탁보 두 장을 덮고 누운 나는 밤새도록 추위로 온몸에 소름이 돋고 이빨이 덜덜 부딪치는 고행을 했고, 잠이 깰 때마다 양가죽 침낭과 깊은 숲 속의 피난처가 생각나 한숨을 내쉬었다.

당나귀와 함께한 세벤 여행

눈의 성모마리아 수도원

"나는 본다 집을, 엄격한 형제애를.
그런데 도대체 나는 왜 여기 있는 것인가?"

– 매슈 아놀드[10]

---

10) Matthew Arnold(1822~1888), 영국의 시인.

아폴리나리 신부

다음 날 아침(9월 26일, 목요일), 나는 새로운 모습으로 길을 나섰다. 침낭은 반으로 접지 않고 짐 안장에 가로질러 매달았는데, 그 모양이 꼭 양쪽 끝에 푸른색 양털 뭉치가 달린 2미터짜리 초록색 소시지 같았다. 이렇게 하면 보기에도 좋고, 모데스틴도 한결 편하며, 게다가 오르막과 내리막에서 균형을 잡을 수 있을 것 같았다. 하지만 나는 이런 결정을 내리면서도 내심으로는 은근히 불안했다. 물론 새 끈을 사서 최대한 단단하게 짐을 묶긴 했다. 하지만, 걷는 도중에 혹시나 덮개가 풀어져 물건들이 길바닥으로 쏟아져버릴까 봐 몹시 걱정되었다.

내가 가는 길은 비바레 지방과 제보당 지방의 경계선을 따라 강이 만들어낸 헐벗은 계곡을 거슬러 나 있었다. 오른쪽으로 보이는 제보당 지방의 산들은 왼쪽으로 보이는 비바레 지방의 산들보다 조금 더 맨숭맨숭했다. 제보당 지방의 산에서만 자라는 키 작은 잡목들은 협곡에서는 빽빽하게 자라지만 산비탈로 올라가면서 점차 띄엄띄엄해지다가 산꼭대기에서는 완전히 자취를 감추어버렸다. 검은 벽돌처럼 생긴 전나무 숲이 제보당 지방과 비바레 지방 여기저기에 달라붙어 있는 것처럼 보였고, 경작지도 군데군데 눈에 띄었다. 철로가 강을 따라 놓여 있었다. 철로에 대해서는 많은 제안이 나오고, 실제로 측량이 이루어지고 있으며, 듣기로는 망드 기차역이 세워질 부지가 이미 결정되었다고도 한다. 이것은 제보당 지방에서는 유일한 철도 구간이다. 1, 2년이 지나면 여기는 다른 세상이 될 것이다. 사막은 포위되었다. 아마도 프

랑스 남부 랑그독 지방의 시인들은 이제 곧 워즈워스
의 "산과 골짜기, 그리고 강이여, 그대들은 저 기적소
리가 들리는가?"라는 시를 자기네 사투리로 번역할
수 있을 것이다.

나는 라 바스티드라는 곳에서 강을 벗어나 지금의
아르데슈 지방에 해당하는 비바레 지방의 산들 가운
데 왼쪽으로 오르막을 이루는 길을 따라가라는 얘기
를 들었다. 왜냐면 나는 지금 나의 이상한 목적지인
'눈의 성모마리아 트라피스트 수도원'에서 그리 멀
지 않은 곳에 와 있기 때문이다. 나에게 그늘을 제공
해주던 숲에서 나오는 순간 해가 나왔고, 자연 그대
로의 근사한 풍경이 남쪽에 펼쳐졌다. 사파이어처럼
푸른 높은 바위산들이 시야를 가로막았다. 이들 사이
로 헤더가 무성한 돌투성이 산마루들이 계단처럼 줄
지어 늘어서 있었고, 지맥支脈은 햇빛을 받아 반짝반
짝 빛났으며, 계곡은 천지창조 때의 모습처럼 잡목림
으로 뒤덮여 있었다. 인간의 자취는 그 어디에도 보
이지 않았다. 세대에 세대를 거듭하면서 사람들이 구

불구불한 오솔길을 걷고, 너도밤나무 숲을 들락거리고, 경사가 완만한 비탈길을 오르내리며 남긴 흔적을 제외하고는 인간이 지나간 흔적이라곤 전혀 남아 있지 않았다. 지금까지 나를 둘러싸고 있던 안개가 구름 속으로 뚫고 들어갔다가 거기서 다시 빠른 속도로 빠져나오더니 햇살을 받아 환하게 빛났다. 나는 숨을 길게 내쉬었다. 오랜만에 그렇게 사람의 마음을 끄는 풍경을 보니 기분이 좋았다. 나는 내 눈이 볼 수 있는 명확한 형태를 좋아한다. 만일 풍경이 내 어린 시절의 캐릭터 종이처럼 흑백은 1페니, 컬러는 2펜스씩에 팔린다면, 나는 평생 하루도 안 빼놓고 2펜스씩 쓸 것이다.

남쪽으로는 상황이 서서히 나아졌지만, 내가 있는 곳 근처는 여전히 황량하고 날씨도 좋지 않았다. 가늘고 긴 십자가가 산꼭대기마다 세워져 있는 것으로 봐서 수도원까지가 멀지 않다는 것을 알 수 있었다. 400미터쯤 저편 남쪽으로 탁 트여 있는 전망이 한 걸음씩 내디딜 때마다 점점 더 또렷해졌다. 이제 막 경

당나귀와 함께한 세벤 여행

작을 시작한 농경지 한쪽 구석에 서 있는 성모마리아 상이 여행자에게 '눈의 성모마리아 수도원'으로 가는 길을 알려준다. 삐걱거리는 소리가 나는 세속적인 각반을 차고 부츠를 신은 나는 바로 여기서 왼쪽으로 접어든 다음 역시 세속적인 나귀를 앞세우고 침묵의 수도원을 향해 계속 걸어갔다.

얼마 안 가서 땡땡거리는 종소리가 바람에 실려 내 귀에 들려왔고, 그 소리를 듣는 순간 이유도 모르게 가슴이 철렁 내려앉았다. 어딘가에 가까이 다가가면서 '눈의 성모마리아 수도원'보다 더 꾸밈없는 두려움을 느껴본 적은 없었다. 이건 아마도 내가 프로테스탄트 교육을 받았기 때문이리라. 그리고 모퉁이를 도는 순간 불현듯 어떤 두려움이, 비굴하며 미신적인 두려움이 나를 머리끝에서 발끝까지 사로잡았다. 나는 걸음을 멈추지는 않았다. 하지만 누구의 눈에도 띄지 않고 경계선을 지나 죽은 자들의 세계로 들어가는 사람처럼 천천히 걸었다. 나는 어린 소나무들 사이에 새로 낸 좁은 길에서 잔디를 가득 실은 수레와 싸우고 있는 중세풍의 수도사 한 사람을 만났다. 어렸을 때 나는 일요일만 되면 숲과 들판, 중세적 풍경이 한 나라만큼이나 풍부하게 담겨 있는 마르코 새들러의《은둔자들》이라는 책을 읽으며 상상력을 마음껏 펼치곤 했다. 그리고 지금 여기 이 사람은 마르코 새들러의 주인공들 가운데 한 사람으로 모자람이 없었다. 그는 유령처럼 하얀 옷을 입고 있었으며, 수레와 씨름을 하느라 두건이 뒤로 넘어간 바람에 꼭 해골처럼 머리가 벗겨진 노란 정수리가 그대로 드러났다. 그는 이미 수천 년 전에 땅에 파묻혀 생기 있던 신체의 모든 부위가 흙으로 변해버린 바람에 농부의 써레에 닿기만 하면 금방이라도 부서져 버릴 듯 보였다.

나는 혹시라도 내가 예의에 벗어나는 행동을 하게 될까 봐 걱정스러웠다. 묵언수행 중인 사람에게 말을 걸어도 되는 것일까? 그건 분명히 안 될 것이다. 나는 그에게 가까이 다가가면서 멀고 먼 옛날의 미신에 가까운 존경심으로 모자를 벗었다. 그는 내가 모자를 벗는 걸 보고 자기도 가볍게 고개를 끄덕여 인사하더니 쾌활한 목소리로 물었다. 수도원에 가시는 길인가요? 그런데 누구신지요? 영국 분이신가요? 아, 아일랜드 분이신가 보네요?

나는 대답했다.

"아닙니다. 저는 스코틀랜드 사람입니다."

스코틀랜드 사람이라고요? 그는 스코틀랜드 사람을 한 번도 본 적이 없다는 듯 나를 찬찬히 뜯어보았다. 꼭 사자나 악어를 보는 어린 소년처럼 선하고 정직하고 억세 보이는 그의 얼굴이 호기심으로 환하게 빛났다. 아쉽게도 나는 그로부터 '눈의 성모마리아 수도원'에서 잠자리를 얻을 수 없을 거라는 말을 들었다. 밥 한 끼는 얻어먹을 수 있겠지만, 그게 다라는 것이었다. 그러나 대화가 계속되고 내가 사실은 행상이 아니라 풍경을 묘사하는 작가로서 책을 낼 계획이라는 사실이 드러나자 나를 대하는 그의 태도가 달라졌다(이 트라피스트 수도원에서 과연 일반인들까지 존중해줄지 걱정스러웠다). 그는 꼭 원장신부에게 나의 상황을 자세히 설명하면서 부탁해보라고 말했다. 그랬다가 다시 한번 생각을 하더니 자기가 직접 나와 함께 가주겠다고 했다. 자신이 내게 도움이 될 수 있다고 생각한 모양이었다. 당신이 지리학자라고 원장신부께 말씀드려도 될까요?

안 됩니다. 나는 진실을 위해서라도 그가 절대 그런 식으로 말하면 안 된다고 생각했다.

그가 실망스러운 표정을 지었다.

"좋아요. 그러면 작가라고 말씀드릴게요."

그는 여섯 명의 아일랜드 청년들과 함께 신학교에 다녔다. 신부가 된 이들 모두가 오래전부터 신문을 받아보고 그에게 영국의 기독교 문제가 어떻게 되어가고 있는지를 알려주는 것 같았다. 그는 퓨지 박사[11]의 안부를 꼬치꼬치 내게 캐물었다. 박사의 개종을 위해 이 선한 사람은 밤낮을 가리지 않고 계속 기도를 했었다.

그가 말했다.

---

11) Edward Bouverie Pusey(1800~1882), 옥스포드 운동의 주요인물.

"나는 그분이 진리에 거의 다 다가갔다고 생각해요. 결국은 진리에 도달할 겁니다. 기도가 엄청나게 큰 효력을 발휘하니까요."

이처럼 친절하고 희망찬 이야기에서 즐거움을 얻지 못하는 사람은 분명히 신앙심 없이 경직되어있는 프로테스탄트일 것이다. 이렇게 주제에 가까이 다가가던 이 선량한 신부는 내게 기독교도냐고 물었다. 내가 기독교인이 아니라는 사실을, 혹은 그와 같은 방식의 기독교인이 아니라는 사실을 안 그는 매우 친절하게도 그 사실을 대충 얼버무려버렸다.

우리는 이 완고한 신부가 1년 동안 두 손으로 직접 낸 길을 함께 걸었는데, 모퉁이를 돌아서는 순간 숲 너머 그다지 멀지 않은 곳에 서 있는 흰색 건물 몇 동이 눈에 들어왔다. 그와 동시에 종소리가 널리 울려 퍼졌다. 수도원에 거의 다다랐을 때 아폴리나리 신부(그게 내 동행의 이름이었다)가 나를 멈춰 세우더니 말했다.

"저기서는 내가 당신에게 말을 할 수가 없습니다. 부탁할 게 있으면 포터 형제 수사를 찾으세요. 다 잘

될 겁니다. 하지만 다시 숲으로 오게 되면 그때는 나를 찾으세요. 숲에서는 내가 당신에게 말을 해도 되니까요. 당신을 만나서 기쁩니다."

이렇게 말하고 난 그는 갑자기 두 팔을 들어 올리더니 손가락을 흔들며 두 번 외쳤다.

"나는 말을 해서는 안 된다! 말을 해서는 안 돼!"

그가 내 앞으로 달려가더니 수도원 문 안으로 모습을 감추었다.

고백하건대 유령을 살짝 연상시키는 이 엉뚱한 인물은 잠시였지만 내게 두려움을 불러일으켰다. 하지만 어떤 사람이 지극히 선량하고 순박하면 다른 사람들도 이 사람을 닮지 않겠는가? 나는 은총을 받은 듯한 느낌을 안고, 수도원에 대해 불만을 가진 것처럼 보이는 모데스틴을 살살 달래서 함께 문을 향해 전진했다. 내가 알기로 모데스틴이 들어가려고 유난을 떨며 서둘러대지 않은 문은 이 문이 처음이었다. 나는 떨리는 가슴을 겨우 진정시키고 격식을 갖추어 사람을 불렀다. 미카엘 신부와 손님을 접대하는 일을 맡은 신부, 그리고 노란색 옷을 입은 신부 두 명이 문으로 나와서 잠시 나와 얘기를 나누었다. 내 짐은 그들의 큰 관심을 끌었다고 생각한다. 가엾은 아폴리나리도 이걸 보자 마음이 끌려 무슨 일이 있어도 그걸 원장신부에게 보여주라고 신신당부하지 않았던가. 나의 달변 때문인지, 혹은 짐 때문인지, 그것도 아니면 손님 접대하는 일을 맡은 신부들 사이에 내가 보통 행상이 아니라는 것이 순식간에 퍼진 것인지 알 수는 없지만, 나는 아무 문제 없이 받아들여졌다. 모데스틴은 한 평신도가 마구간으로 데려갔다. 그리고 나와 내 짐은 '눈의 성모마리아 수도원'에 받아들여졌다.

수도사들

유쾌하고 생기 넘치는 얼굴에 늘 미소를 짓는 서른다섯 살쯤 된 미카엘 원장신부는 나를 식료품 저장실로 데려가서 내가 저녁식사 때까지 버틸 수 있도록 술을 한 잔 내주었다. 우리는 잠시 얘기를 나누었다. 아니, 내가 일방적으로 떠들고 그는 진흙으로 빚어낸 존재처럼 멍한 표정으로 내 말에 귀를 기울였다고 말해야 할 것이다. 사실대로 말하자면, 나는 주로 나의 식욕에 관해 얘기한 것으로 기억하는데, 그때 미카엘 원장신부는 빵을 못 먹은 지 18시간도 더 되었음이 틀림없었다. 그러니 너무나 당연하게도 그는 나와의 대화에서 세속적인 느낌을 받았을 것이다. 그러나 그의 태도는 초월적이면서도 우아했다. 그래서 나는 미카엘 원장신부의 과거에 대해 은밀한 호기심을 느꼈다.

술 한 잔으로 식욕을 돋우고 난 뒤 나는 수도원 정원에 잠시 혼자 있었다. 수도원 정원은 모래가 깔린 길과, 알록달록한 색깔의 달리아가 피어 있는 화단과, 그 한가운데에 분수와 검은색 성모마리아 상이서 있는 작은 뜰에 불과했다. 정원은 아직 세월과 날씨의 때가 묻지 않았고, 종루와 슬레이트를 얹은 두 개의 박공을 제외하고는 아무 특색이 없는 정사각형의 황량한 건물들에 둘러싸여 있었다. 흰옷을 입은 수도사들과 노란 옷을 입은 수도사들이 모래가 깔린 길을 따라 말없이 오가고 있었고, 내가 처음에 나왔을 때는 두건을 쓴 수도사 세 명이 테라스에 무릎을 꿇은 채 기도를 하고 있었다. 한쪽에서는 헐벗은 산이, 다른 쪽에서는 숲이 수도원을 내려다보고 있었다. 수도원은 바람에 온전히 노출되어 있었다. 눈은 10월부터 그다음 해 5월까지 간간이 내리고, 때로는 6주 동안 계속해서 내린다. 설사 이 건물들이 천국 같은 날씨와 함께 에덴동산에 세워져 있다 할지라도 그 자체만으로 춥고 칙칙한 분위기를 풍겼을 것이다. 그리고 나로 말하자면, 이 쌀쌀한 9월에 저녁식사 자리에 불려갈 때까지 안팎에서 추위에 떨었다.

내가 왕성한 식욕으로 맛있게 식사를 마치자 다정하고 붙임성 좋은 프랑스인 앙브로즈 신부가 나를 피정 묵상회에 참석하러 온 사람들을 위해 건물 한쪽에 따로 마련한 작은 방으로 데려갔다(외부인들을 안내하는 일을 맡은 수도사들은 자유롭게 말을 할 수 있었다). 방은 깨끗하고 흰색 칠이 되어 있었으며, 십자가와 고인이

된 교황의 흉상, 종교적 명상에 관한 책《모방》의 프랑스어판, 북아메리카 특히 뉴잉글랜드 지역의 선교사에 관한 책인《엘리자베스 시튼의 일생》등 꼭 필요한 물품들이 비치되어 있었다. 내가 알기로, 이 뉴잉글랜드 지역에는 복음을 전해야 할 곳이 아직 꽤 많이 남아 있다. 하지만 코튼 마더[12]를 생각해보라. 나는 그가 천국에 살면서 이 얇은 책을 한번 읽어보았으면 좋겠다. 하지만 그는 이미 이 모든 것을, 아니, 그보다 더 많은 것을 알고 있는지 모른다. 어쩌면 그와 시튼 부인은 절친한 친구가 되어 한목소리로 영원히 계속될 찬송가를 부르고 있을지도 모른다. 방에 비치된 물품들 중 어떤 미사에 참석해야 하는지, 언제 묵상기도를 올려야 하는지, 몇 시에 일어나고 몇 시에 취침해야 하는지 등, 피정을 하러 온 사람들이 지켜야 할 규칙들이 적혀 있는 종이가 책상 위에 매달려 있었다. 종이의 아랫부분에 한 가지 눈에 띄는

---

12) Cotton Mather(1663~1728), 미국의 청교도 목사.

주의사항이 적혀 있었다. "한가한 시간에는 성찰과 고백, 사려 깊은 결심 등을 하면서 보낸다." 물론 결심은 깊이 생각하고 해야 한다. 당신은 머리에서 머리칼이 자라도록 하겠다는 유익한 결심을 할 수도 있을 것이다.

내가 잠잘 곳을 살펴보기 시작한 지 얼마 안 되어 앙브르와즈 수도사가 다시 나타났다. 그는 그곳에 머물고 있는 영국인 하나가 나와 얘기를 나누고 싶어 하는 것 같다고 말했다. 내가 좋다는 의사를 표하자 그는 생기발랄하고 유쾌한 50대의 키 작은 남자를 데려왔다. 이 아일랜드 사람은 교회의 부사제로서 엄격한 성직자 복장을 갖추었고, 머리에는 내가 알기로 샤코[13]라고 부를 수밖에 없는 모자를 쓰고 있었다. 그는 벨기에에 있는 한 수녀원에서 7년 동안 묵상하며 지냈고, 지금은 '눈의 성모마리아 수도원'에서 5년째 묵상 중이었다. 그는 영국 신문을 단 한 번도 본

---

13) 앞에 깃털 장식이 달린 군모.

적이 없으며, 프랑스어를 서툴게 구사했다. 설사 그가 프랑스어를 프랑스 사람처럼 구사할 수 있었다 해도 이곳에서는 사용할 기회가 별로 없었을 것이다. 게다가, 그는 대단히 사교적이고 바깥소식에 목말라하며 어린아이처럼 생각이 단순한 사람이었다. 내가 수도원을 안내해줄 사람을 만나게 되어 기뻤다면, 그역시 영국인을 만나 영어라는 언어를 직접 듣게 되어 좋았을 것이다.

그가 자기 방을 내게 보여주었는데, 거기서 그는 기도서와 히브리어로 쓰인 성경, 웨이벌리 소설[14]을 읽으며 시간을 보내고 있었다. 그러고 나서 그는 나를 회랑과 회의실, 그리고 판자에 수도사들의 세례명(바질이라든가 일라리옹, 라파엘, 혹은 파시피크처럼 부드럽고 독창적인 이름)이 적혀 있고, 거기에 그들의 사제복과 챙 넓은 밀짚모자들이 걸려 있는 제의실로 데려갔다. 이어서 그는 나를 도서관으로 안내했다. 여기에서는

---

14) 월터 스콧이 쓴 소설 연작.

수많은 신부와 매우 다양한 역사학자들, 일반사학자들의 작품은 말할 것도 없이 뵈이오[15]와 샤토브리앙의 작품들, 《오드와 발라드》[16], 원한다면 몰리에르의 작품까지도 볼 수 있었다. 그런 다음 이 선량한 아일랜드인은 수도사들이 빵을 굽고 수레바퀴를 만들고 사진을 찍는 작업실로 나를 데려갔다. 여기서 어떤 수도사는 수집한 골동품을 관리하고, 또 어떤 수도사는 토끼들을 돌보고 있었다. 트라피스트 수도원에서 수도사들은 종교적 의무와 수도원의 일반적 노동 외에 각자 선택한 분야를 가질 수 있었다. 각 수도사는 목소리와 귀가 있으면 성가대에서 노래를 부르고, 움직일 수 있는 손이 있으면 건초 만드는 일을 함께해야만 했다. 그러나 개인 시간에는 해야 할 일이 있더라도 자기가 좋아하는 일을 할 수 있었다. 그렇게 나는 한 수도사는 문학에 종사하고 있으며, 아폴리나리

---

15) Veuillot(1813~1883), 프랑스의 저널리스트이자 문인.
16) 1828년에 출간된 빅토르 위고의 시집.

신부가 길을 내느라 바쁜 것처럼 원장신부는 책을 제본하고 있다는 얘기를 듣게 되었다. 얼마 전에 이 수도원장은 서품을 받았는데, 이때 그의 어머니는 특별히 예배당에 들어가도록 허락받아 서품식을 볼 수 있었다고 한다. 그녀로서는 사제관司祭冠을 쓴 아들의 모습을 볼 수 있어서 자랑스러운 하루였으니, 그녀를 예배당에 들어갈 수 있게 한 것은 참으로 잘한 일이라는 생각이 든다.

이리저리 왔다 갔다 하다 보니 우리는 침묵 속에 있는 많은 신부 및 수도사들과 마주치곤 했다. 대개 그들은 우리가 지나가도 마치 흘러가는 구름이라는 듯 아무 관심을 보이지 않았다. 그러나 선한 부사제는 이따금 그들에게 무엇인가를 부탁할 수 있도록 허용되었는데, 그들은 그 부탁을 들어줄 때면 마치 개가 수영을 할 때 발을 움직이는 것처럼 특이하게 손을 움직였고, 거절할 때는 일상적인 부정의 동작을 취했다. 그리고 두 경우 모두 악에 거의 근접해가는 사람처럼 눈을 내리간 채 참회하는 표정을 지었다.

수도사들은 원장신부의 특별배려에 의해 아직도 매일 두 끼의 식사를 하고 있었다. 그러나 이미 9월 어느 날 시작되어 부활절까지 계속되는 대 단식 기간이었다. 이 기간에는 하루 한 끼만 먹고, 그것도 힘든 노동과 밤샘 기도를 시작한 지 12시간이 지난 오후 2시에야 가능했다. 음식은 부실했고, 그들은 이 음식조차도 맘껏 먹지 못했다. 수도사들은 식사 때마다 포도주를 작은 병으로 하나씩 마실 수 있도록 허용되었지만, 많은 이들은 이 특권조차 마다했다. 사람들은 대개 지나칠 정도로 과식을 한다. 식사는 우리 몸을 지탱해줄 뿐만 아니라 삶의 노동에서 자연스럽게 벗어나 행복을 느끼게 해준다. 물론 과식은 몸에 안좋지만, 나는 이 트라피스트 수도원의 식사에는 문제가 있다고 생각하지 않을 수 없었다. 그리고 돌이켜 생각하면, 내가 여기서 보았던 모든 수도사의 생기가 도는 얼굴과 쾌활한 태도가 참으로 놀랍게 여겨진다. 이들보다 더 행복하고 건강한 사람들을 거의 본 적 없는 것 같기 때문이다. 사실대로 말하자면, '눈의 성모마리아 수도원' 수도사들이 이 황량한 고산지대에서 힘든 일을 끊임없이 해내며 살기는 녹록지 않을뿐더러, 죽음의 신도 자주 이들을 찾아왔다. 적어도 나는 이렇게 들었다. 그러나 그들은 설사 쉽게 죽었을지는 몰라도 살아 있는 동안에는 분명히 건강하게 지냈을 것이다. 몸도 단단하고 혈색도 좋아 보였기 때문이다. 내가 관찰할 수 있었던 유일한 병적 징후는 눈이 비정상적으로 반짝거린다는 것이었다. 하지만, 이 같은 징후는 오히려 그들이 활기에 가득 차 있고 힘이 있다는 느낌을 한층 더 강하게 해주었다.

내가 얘기를 나눈 사람들은 경건한 즐거움을 풍기는 대화와 분위기로 특별한 호감을 불러일으켰다. 수도원을 찾는 방문객들을 위한 안내문에는, 원래 수도사들은 입을 거의 안 여는 것이 관례처럼 되어 있으니 방문객들을 맞이하는 수도사들의 퉁명스러운 말투에 기분 나빠하지 말라는 조항이 있다. 물론 이 조항이 적용되지 않을 수도 있다. 방문객을 접대하는 수도사들을 개인적으로 만나보면 세상 물정 모르는 이야기를 끝도 없이 늘어놓는다. 나의 경험으로 미루어보면, 그래서 대화를 시작하는 것보다 중단시키기가 더 어려울 정도였다. 세상이 어떻게 돌아가고 있는지 잘 아는 미카엘 신부를 제외하고 그들은 모든 종류의 화제에 대해(정치와 여행, 그리고 심지어는 내 침낭에 대해서도) 친절하고 많은 관심을 보였고, 그들 자신의 목소리를 듣는 데서 어떤 즐거움을 느끼는 것 같았다.

나는 침묵해야만 하는 사람들이 어떻게 이 엄숙하고 쓸쓸한 고독을 견뎌내는지 놀랍기만 했다. 그렇지만 여성을 배제하는 것뿐만 아니라 침묵 서약까지 하는 것은 고행이라는 관점 외에 어떤 정책으로도 느껴진다. 나는 사회주의적 생활공동체에도 소속된 적 있고, 흥청댄다기보다 예술적이라고 할 만한 경험도 해보았고, 여러 개의 단체가 쉽게 결성되었다가 그보다 더 쉽게 해체되는 것을 보았다. 이런 단체들이 시토 수도회의 규율을 지켰다면 더 오래 갔을지도 모른다. 무방비 상태의 남자들이 만든 단체는 여자들이 옆에 있으면 언제 어느 때 해체될지 모른다. 더 강한 전류가 승리하게 되어 있는 것이다. 남자들은 여자와 겨우 10분 동안 대화를 나누고 난 후 소년시절의 꿈이라든가 젊을 때의 계획을 포기하기도 하고, 여자들의 맑은 두 눈과 부드러운 억양은 예술과 과학, 남자들의 직업적인 즐거움을 단숨에 무너뜨리기도 한다. 그리고 그다음으로 혀는 가장 큰 분열자다.

종교적 규율을 이렇게 세속적으로 비판하려니 좀 부끄럽다. 하지만 내가 보기에 트라피스트 수도회는 또 다른 점에서 지혜의 본보기로 관심을 끈다. 매일 새벽 두 시가 되면 타종자가 종을 치기 시작하여 매시간 때로는 15분에 한 번씩 휴식시간인 열 시까지 종을 울린다. 하루가 이렇게 세부적으로 나뉘어 해당 시간에 각각 다른 일들이 주어지는 것이다. 예를 들어 토끼를 키우는 사람은 온종일 토끼장에서 예배당으로, 회의실로, 혹은 식당으로 바쁘게 돌아다닌다. 그는 매시간 노래도 해야 하고 별도로 맡은 일도 해내야 한다. 어둠 속에서 잠을 깨는 새벽 두 시부터 잠이라는 편안한 선물을 받기 위해 돌아오는 밤 여덟 시까지 두 발로 선 채 계속해서 여러 가지 일을 해내는 것이다. 나는 매년 수천 파운드씩 돈을 벌지만 자신의 삶의 시간을 배열하는 데는 그렇게까지 운이 좋지 못한 사람을 많이 알고 있다. 하루를 관리할 수 있는 부분으로 나누어 알려주는 수도원의 종소리는 얼마나 많은 가정에 마음의 평화와 육체의 건강을 가져다줄 것인가? 우리는 고난에 대해서 말한다. 그러나 진정한 고난이란 우둔한 바보가 되는 것, 그리고 우리 자신의 우둔하고 어리석은 방법에 따라 삶이 잘못 관리되도록 내버려 두는 것이다.

이런 관점에서 본다면 우리는 아마도 수도사들의 생활을 더 잘 이해할 수 있을 것이다. 이 교단에 들어가기 위해서는 오랜 기간 수도사 수련을 마쳐야 하고 한결같은 마음을 보여주어야 하며 강한 체력을 지녀야 한다. 하지만 나는 수도사 되기를 포기하는 사람을 별로 보지 못했다. 바깥채 건물들 가운데 매우 이상하게 보이는 사진사의 스튜디오에서 보병부대 이

등병 군복 차림의 젊은이 사진이 내 눈길을 끌었다. 그는 원래 수도사였으나 나이가 되어 입대하여 알제의 주둔지에서 행군도 하고 훈련도 하고 보초도 서면서 전투에 투입되기를 기다렸다. 이 젊은이야말로 결정을 내리기에 앞서 삶의 양면을 확실히 본 사람이었다. 하지만 그는 군 복무를 끝내자마자 바로 수도원으로 돌아와 수련을 끝냈다.

이 엄격한 규율을 지키는 사람에게는 당연히 천국에 갈 수 있는 자격이 주어진다. 트라피스트 수도원의 수도사는 병이 나도 그의 습관을 버리지 않는다. 침묵을 지키는 검소한 삶 속에서 기도하고 일했던 것처럼 임종의 침대에 눕는 것이다. 구세주가 나타나는 바로 그 순간, 그들이 그의 자그마한 유해에 수의를 입히고 계속 성가를 부르며 예배당에 안치하기도 전에 벌써 지붕이 덮힌 종루에서는 결혼식 때처럼 경축의 종이 울려 퍼지면서 또 하나의 영혼이 하나님의 품에 안겼다는 것을 인근에 널리 알린다.

밤이 되어, 나는 친절한 아일랜드인의 안내를 받

당나귀와 함께한 세벤 여행

아 트라피스트 교단 수도사들이 일과를 마치며 마지막으로 올리는 기도인 종과終課와 성모 찬양곡을 듣기 위해 회랑에 자리를 잡았다. 거기서는 로마의 관공서에서처럼, 프로테스탄트에게 유치하거나 저렴해 보이는 느낌을 불러일으키는 그런 상황은 전혀 연출되지 않았다. 비현실적으로 느껴지는 주변 풍경에 의해 고양된 엄격한 소박함이 가슴에 곧장 와 닿았다. 회반죽을 바른 예배당, 두건을 쓴 성가대원들, 켜지고 꺼지고를 되풀이하는 불빛들, 노래를 부르는 굵은 남자 목소리, 이어지는 침묵, 기도를 올릴 때 고깔 쓴 머리를 숙이는 광경, 그리고 마지막 일과가 끝나고 취침 시간이 되었음을 알리기 위해 계속해서 울리는 또렷하고 날카로운 종소리가 생각난다. 나는 다소 현란한 상상 속에서 마당으로 도망쳐 마치 바람 불고 별이 총총한 밤에 갈피를 못 잡는 사람처럼 서 있었다. 지금 가만 생각해보면 내가 그랬던 것도 놀랄 일은 아니었다.

하지만 나는 몹시 피곤했다. 나는 엘리자베스 시튼

의 회고록(따분하고 재미없는 책이었다)을 읽으며 마음을
진정시키다가 추위와 소나무 사이로 부는 바람 때문
에(왜냐면 내 방은 숲에 인접한 건물 쪽에 있었다) 금방 잠 속
으로 빠져들었다. 나는 사방이 어두컴컴한 한밤중에
깨어났다. 사실은 새벽 두 시였고 첫 번째 종소리가
울렸지만, 내게는 한밤중으로 느껴졌다. 모든 수도사
들이 예배당으로 서둘러 걸어가고 있었다. 살아 있지
만 죽은 것처럼 보이는 사람들이 이처럼 이른 시간에
벌써 하루의 힘든 노동을 시작한 것이다. 살아 있지만
죽은 것이나 마찬가지다! 이 얼마나 무시무시한 단어
인가! 우리네 역설적인 삶의 가장 나은 부분에 대해
말하는 프랑스 노래의 가사가 기억 속에 떠오른다.

"그대에게는 아름다운 여인들이 많지

지로플레

지로플라

그대에게는 아름다운 여인들이 많지

그들은 사랑을 소중히 생각할 거야!"

당나귀와 함께한 세벤 여행

그리고 나는 자유롭게 떠돌아다니고, 자유롭게 희망하고, 자유롭게 사랑할 수 있다는 사실에 신께 감사했다.

기숙자들

그러나 나의 '눈의 성모마리아 수도원'에서의 체류에는 또 다른 면이 존재했다. 이 늦은 계절에는 수도원에 기숙자들이 그다지 많지 않았다. 그래도 수도원의 공개된 공간에 나 혼자만 있는 것은 아니었다. 이 기숙자들을 위한 숙소는 출입문 바로 옆에 있으며, 1층에는 작은 식당이 하나 있고, 2층에는 복도를 따라 내가 묵고 있는 작은 방과 비슷한 방들이 죽 늘어서 있었다. 묵상을 하기 위해 온 사람들은 숙박비를 내야 하는데, 나는 바보처럼 그걸 잊어버리고 있었다. 숙박비는 대략 하루에 3프랑에서 5프랑 사이였는데, 대체로 3프랑이었을 것이다. 나처럼 우연히 들른 방문객은 자기가 생각하는 만큼의 돈을 자발적 헌금으로 내면 되었지만, 이 또한 의무는 아니었다. 수도원을 막 떠나려고 했을 때 미카엘 신부가 20프랑은 너무 많다며 받으려 하지 않았다는 사실을 언급해야겠다. 나는 내가 왜 그만한 돈을 낼 생각을 하게 되었는지 그 이유를 그에게 설명했다. 그러나 그때조차도 그는 이상하게 그게 자기 명예와 관련된 문제라고 생각했는지 그 돈을 자기 손으로는 받으려 하지 않았다. 그는 설명했다. "저는 수도원을 대신해서 그 돈을 거절할 권리가 없습니다. 그러니 그걸 다른 수도사에게 주시면 좋을 것 같습니다."

나는 늦게 도착했기에 혼자 점심식사를 했다. 하지만 저녁식사 때는 방문객이 두 사람 더 있었다. 한 사람은 시골의 교구 신부로, 나흘 동안 혼자 지내며 기도하기 위해 망드 근처에 있는 자신의 교회에서부터 걸어왔다고 했다. 그는 농사꾼처럼 혈색이 좋고 주름이 둥글게 잡혀 있어서 영락없이 근위보병 같아 보였다. 걸을 때 옷자락이 자꾸 발에 걸려 몹시 힘들었다며 그가 불평을 늘어놓는 순간, 내 머릿속에는 사제복 차림의 그가 골격이 우람한 몸을 꼿꼿이 세우고 제보당 지방의 황량한 산야를 성큼성큼 걸어가는 모습이 선명하게 그려졌다. 다른 한 사람은 키가 작고 머리가 희끗희끗하며 체격이 딱 벌어진 남자였다. 나이는 마흔다섯에서 쉰 정도 되어 보이고, 트위드 천으로 만든 양복에 니트로 된 짧은 외투를 걸치고 있었으며, 단추 구멍이 붉은색 리본으로 장식되어 있었다. 그는 뭐라고 딱히 분류하기가 힘든 사람으로서, 군에 복무하여 사령관의 자리에까지 오른 노병이었다. 이 노병은 군인에게 필요한 민첩성과 단호함을 여전히 간직하고 있었다. 그는 전역신청이 받아들여지자마자 기숙자 자격으로 '눈의 성모마리아 수도원'에 와서 이곳의 생활방식을 잠시 체험한 다음 수련수도사로 남겠다는 결정을 내렸다. 이미 새로운 생활이 그의 외모를 바꿔놓기 시작해서 수도사들의 그 조용하고 명랑한 분위기를 살짝 풍기고 있었다. 그는 이제 장교가 아니고 아직은 트라피스트 수도사도 아니었다. 즉 장교와 수도사의 특징을 골고루 조금씩 갖추고 있는 것이었다. 그는 분명히 인생의 흥미로운 전환점에 서 있었다. 대포와 나팔의 소음에서 벗어나, 밤이 되면 사람들이 수의를 입은 채 잠이 들고 유령들처럼 손짓발짓으로 의사소통을 하는 무덤에 접해 있는 이 조용한 시골로 옮겨오는 중이었다.

저녁식사 때 우리는 정치 얘기를 나누었다. 나는 프랑스에 머무는 동안 정치적 선의와 중용을 역설하고, 걱정을 사서 하는 일부 영국인들이 카르타고의 경우를 곱씹듯이, 폴란드의 경우를 곱씹어보곤 한다고 말했다. 신부와 사령관은 내 얘기에 공감을 표하더니 요즘은 사람들이 지나치게 신랄한 정치적 견해를 가지고 있다며 깊은 한숨을 내쉬었다.

나는 말했다.

"왜 자기 의견에 절대 동의하지 않는 사람에게는 아무 말도 할 수 없는 것일까요? 그런 사람한테 무슨 말을 하면 발끈하며 화를 내지요."

그들은 둘 다 그런 상황은 반反기독교적이라고 말

당나귀와 함께한 세벤 여행

했다.

우리가 그렇게 맞장구를 치며 대화를 계속해나가던 중에 내 혀가 우연히 강베타[17]의 온건함을 칭찬하는 말을 하게 되었다. 그러자 노병이 즉시 얼굴을 붉히더니 버릇없는 아이처럼 손바닥으로 식탁을 내리치며 소리치는 것이었다.

"뭐라고요, 선생? 지금 뭐라고 그랬습니까? 강베타가 온건하다고요? 선생이 방금 한 말이 옳다는 걸 증명할 수 있겠소?"

그러나 신부는 우리가 나누는 대화의 전반적인 취지를 잊지 않고 있었다. 그리고 화가 머리끝까지 나 있던 늙은 군인도 경고의 시선이 자신을 향하고 있다는 사실을 알아차렸다. 일순 그는 자기가 경우에 어긋난 행동을 했다는 사실을 통절히 느꼈다. 폭풍은 더이상의 대화 없이 갑작스레 잠잠해졌다.

다음 날(9월 27일, 금요일) 아침, 커피를 마시고 나서

---

17) Léon Gambetta(1838~1882), 프랑스의 정치가. 프랑스 수상 역임.

야 이 두 사람은 내가 이교도라는 사실을 알게 되었다. 짐작컨대, 내가 우리 주변의 수도원 생활에 대해 뭔가 좋게 얘기한 것이 오해를 불러일으킨 모양이었다. 그런데 단도직입적인 질문에 의해 진실이 드러난 것이었다. 단순한 아폴리나리 신부와 약삭빠른 미카엘 신부는 내게 아량을 베풀어주었다. 그리고 선량한 아일랜드인 부사제는 나의 종교적 약점에 관한 얘기를 듣자 내 어깨를 토닥거리며 "당신은 틀림없는 가톨릭 신자니까 분명히 천국에 갈 겁니다"라고 말했을 뿐이었다. 그런데 지금 나는 다른 정통종파 한가운데에 있었다. 이 두 사람은 최악의 스코틀랜드인처럼 신랄하고 완강하며 편협했다. 그리고 정말이지 나는 그들이 스코틀랜드인보다 더 나쁘다고 생각했다. 신부가 꼭 전투마처럼 큰 소리로 코를 힝힝거리면서 내게 물었다.

"그러니까 당신은 그런 종류의 신앙 속에서 죽기를 바라는 건가요?"

인쇄업자들이 사용하는 활자 가운데 그의 억양을

표현할 수 있을 만큼 큰 활자는 절대 없을 것이다.

나는 개종할 생각이 눈곱만큼도 없다고 단호하게 말했다.

그러나 그는 그런 어처구니없는 태도를 여전히 유지하며 소리쳤다.

"안 됩니다, 안 돼요. 당신은 개종해야만 합니다. 당신은 여기에 왔잖아요? 하나님께서 당신을 이곳으로 인도하셨으니 당신은 이 기회를 이용해야 하는 겁니다."

나는 전술적 실수를 저질렀다. 내가 가족 간의 애정을 거론했으니 말이다. 내가 말을 하는 상대는 삶의 친절하고 가정적인 유대관계로부터 완전히 단절된 두 계층의 인간, 즉 신부와 군인이었다.

신부가 큰 소리로 말했다.

"당신 부모님요? 아주 잘 됐군요. 집에 돌아가거든 그분들도 개종시키세요!"

아버지 얼굴이 눈앞에 떠올랐다. 가족의 종교 문제에 개입하느니 차라리 북아프리카 사자의 소굴로 들어가 싸우는 게 더 나을 것이다.

그러나 이미 사냥이 시작되었다. 신부와 군인은 나의 개종을 위해 목소리를 높였다. 1877년에 셀라르 주민들이 48프랑 10상팀을 기부했던 신앙전도사업이 내 뜻과는 상관없이 꾸준히 계속되고 있었던 것이다. 그것은 이상하지만 가장 효과적인 전도방법이었다. 그들이 어떤 논거를 들어 나를 설득하려 하면 나도 방어하려고 애썼겠으나, 그들은 그렇게 하지 않았다. 대신 그들은 내가 당연히 내 입장을 부끄러워하는 동시에 두려워할 것이라고 단정 짓고는 어서 빨리 개종하라고 재촉했다. 그들은 말했다.

"자, 이제 하나님께서 당신을 '눈의 성모마리아 수도원'으로 인도하셨습니다. 구령救靈의 시간이 다가온 것입니다."

그러자 신부가 나를 격려한답시고 한마디 거들었다.

"잘못된 수치심 때문에 포기하면 안 됩니다."

모든 종파에 대해 유사한 감정을 느끼고, 세속적이고 일시적인 측면에 대한 칭찬이나 비난의 소리는 많

당나귀와 함께한 세벤 여행

이 들었을지 몰라도 사물의 영원한 측면에 대한 이런 저런 신조의 장단점은 잠시라도 결코 진지하게 비교해볼 수 없었던 사람에게 이런 상황은 불공평하기도 하고 고통스럽기도 했다. 나는 두 번째 전술적 실수를 저질렀다. 나는 결국에는 모든 것이 같으며, 우리는 모두 친절하고 그 누구도 차별하지 않는 친구 같고 아버지 같은 유일한 분께 서로 다른 위치에서 가까이 다가가고 있는 것 아니냐고 변명을 늘어놓았다. 평신도들에게는 그것이 유일하게 복음다운 복음으로 보인다. 그러나 다르게 생각하는 사람들도 있다. 내가 이처럼 혁명적인 열망을 내세우자, 신부는 무시무시한 교회법을 내세워 나를 협박했다. 그는 지옥을 놀랄 만큼 상세히 설명하기 시작했다. 그는 읽기 시작한 지 일주일도 채 안 되었으며, 확신을 지니기 위해 주머니에 넣어 다닐 생각을 했다는 어떤 소책자에 근거하여, 저주받은 자들은 지옥에서 끔찍한 고통을 당하면서 영원토록 같은 태도를 유지한다고 말했다. 그가 이렇게 열을 내가며 설명을 계속하자 그의 얼굴

모습도 점점 더 위엄을 갖추어가는 듯 보였다.

결국 두 사람은 내가 수도원 원장은 부재중이니 지금 당장 부원장을 찾아가서 나의 문제를 설명해야 한다고 결론을 내렸다.

사령관이 말했다.

"이것이 내가 퇴역군인으로서 당신에게 해줄 수 있는 충고입니다. 그리고 저분이 신부로서 당신에게 해줄 수 있는 충고이기도 합니다."

내가 뭐라고 대답을 해야 할지 몰라 살짝 당황해하고 있는 바로 그 순간, 귀뚜라미만큼이나 생기가 넘치고 이탈리아어 억양을 쓰는 갈색 피부의 키 작은 수도사 한 사람이 나타나 즉시 논쟁에 끼어들었다. 그는 붙임성 있는 수도사들이 흔히 그렇듯 더 상냥했고 설득력도 있었다. "저분을 보세요." 신부가 말했다. 이곳은 규율이 매우 엄격했다. 그래서 그는 그냥 자기 나라 이탈리아에 남고 싶었다. 이탈리아가 아름다운 나라라는 건 익히 알고 있지 않은가. 그러나 이탈리아에는 트라피스트 수도회가 단 한 군데도 없었

당나귀와 함께한 세벤 여행

다. 그런데 그에게는 구원해야 할 영혼이 있어서 여기 이렇게 와 있는 것이다.

인도 출신의 한 쾌활한 비평가가 내게 '빈둥거리는 향락주의자'라는 별명을 붙여주었는데, 그 별명이 내게 딱 맞는 것이 아닌지 두려웠다. 그 수도사의 동기에 대한 묘사가 내게 약간의 충격을 안겨주었다. 나는 그가 어떤 감춰진 목적에서가 아니라 그 자체를 위해서 이 같은 삶을 선택했다고 생각하고 싶었다. 그리고 이것은 내가 이 선한 트라피스트 수도사들에게 동조하려고 무진 애를 썼을 때조차도 사실은 그들에게 전혀 공감되지 않았다는 사실을 보여준다. 그러나 신부의 논거는 확고해 보였다.

그가 외쳤다.

"내 말 들어봐요! 나는 여기서 어떤 후작을 보았어요! 후작, 후작을 말입니다!"

그는 이 후작이라는 신성한 단어를 세 차례나 되풀이했다.

"그리고 여기서 사회지도층들도 보았고 장군들도

보았습니다! 그리고 여기 당신 옆에 계신 분, 이 신사
분은 여러 해 동안 군 복무를 하고 훈장도 받은 퇴역
군인입니다! 그리고 이분은 지금 여기서 자신을 신께
바칠 준비를 하고 있단 말입니다!"

이 지경에 이르자 나는 극도로 당황해서 발이 시
렵다는 핑계를 대고 그곳에서 빠져나왔다. 바람이 세
차게 불었지만 하늘은 청명하고 햇살이 잠깐잠깐 나
타나 오랫동안 환하게 빛나곤 하는 아침이었다. 나는
식사시간이 될 때까지 황량한 이 지역의 동쪽 편을
돌아다녔는데, 강풍을 맞아 몹시 힘들고 피곤했어도
매우 아름다운 경치를 보며 보상을 받았다.

저녁식사 시간이 되자 신앙전도사업이 다시 시작
되었다. 이번에는 아까보다 더 불쾌했다. 신부가 내
조상들의 신앙을 경멸하는 질문을 이것저것 던지기
에 나도 가톨릭을 희화화하는 답변으로 맞받아쳤다.

그가 소리쳤다.

"선생께서도 인정하리라 생각하는데, 선생의 종파
를 종교라고 부르는 건 좀 너무 과한 거 아닙니까?"

나는 대답했다.

"좋을 대로 생각하세요, 신부님. 무슨 말을 하든 그건 신부님 자유니까요."

결국 나의 인내심은 한계에 도달했다. 나는 그가 종교 문제에 대해 잘 알고 게다가 나이도 많아서 참을 만큼 참았지만 무례함에 관해서는 항의하지 않을 수가 없었다. 그러자 그는 보기 민망할 정도로 당황스러워하며 말했다.

"정말이지, 선생을 비웃으려는 생각은 조금도 없어요. 오직 선생의 영혼에만 관심이 있을 뿐이지요."

이렇게 해서 나를 개종시키려는 시도는 막을 내렸다. 솔직한 사람! 그는 위험한 사기꾼이 아니라 열정과 믿음으로 충만한 시골사람이었다. 그가 킬트 스커트를 입고 오래도록 제보당 지역을 걸어 다닐 수 있기를! 그가 건강한 몸으로 제보당 지역을 걸어 다니며 임종을 맞이하는 교구 주민들을 위로할 수 있기를! 나는 그가 자신에게 주어진 임무를 완수하기 위해서라면 눈보라가 몰아치는 길도 헤쳐나갈 것이라고 감히 단언할 수 있다. 가장 교활한 사도를 믿는 사람이 항상 가장 충실한 신자인 것은 아니다.

북부 제보당
(계속)

"침대도 정돈되어 있고 방도 알맞았네.
어김없이 밤새도록 별들도 환히 빛나네.
공기는 고요하고 물이 흐르고 있어
하녀도 필요 없고 하인도 필요 없네.
나의 나귀와 내가
신의 푸르른 숙소에서 묵을 때는."

– 고대 희곡

굴레 산을 넘다

식사하는 동안 갑작스레 바람이 불긴 했으나 하늘
은 여전히 맑게 개어 있었다. 그래서 나는 그날 징조
가 다른 날보다 좋은 것 같다고 생각하며 수도원 문
앞에서 모데스틴의 등에 짐을 실었다. 아일랜드인 친
구가 나를 꽤 멀리까지 바래다주었다. 우리는 숲속을
지나다가 외바퀴 손수레를 밀고 가는 아폴리나리 신
부를 만났다. 그러자 그는 하던 일을 멈추고는 내 손
을 꼭 움켜잡고 백여 미터쯤 나를 배웅했다. 나는 전
혀 가식적이지 않은 아쉬움을 느끼며 두 사람과 차

레로 작별인사를 나누었다. 하지만 또 한편으로는 한 구간의 먼지를 쓸어내고 그다음 구간을 향해 달려가는 여행자의 즐거움도 느꼈다. 그런 다음 모데스틴과 나는 메르쿠아르 숲속에 있는 알리에 강의 수원을 향해 그 강을 거슬러 올라갔다(이렇게 해서 우리는 다시 제보당 지방으로 들어가게 되었다). 하지만 알리에 강은 보잘것없는 개울에 불과해서 우리는 그 길을 포기했다. 그러고 나서 우리는 언덕을 넘어 나무 한 그루 풀 한 포기 없는 고원을 지난 다음 해질녘에 샤슬라드에 도착했다.

그날 밤 여관 부엌에는 건설 예정인 철로 노선의 지형을 측량하기 위해 온 사람들이 모여 있었다. 그들은 모두 지적인 사람들이라 나와 말이 잘 통했다. 우리는 벽시계의 종소리가 우리를 잠자리로 쫓아낼 때까지 뜨거운 포도주를 마시며 프랑스의 미래를 논했다. 2층의 작은 방에 네 개의 침대가 있었고, 우리는 여섯 명이 이 방에서 잠을 잤다. 그러나 나는 침대 하나를 혼자 썼고, 사람들을 설득하여 창문을 열어놓았다.

"선생님! 다섯 시입니다!"

누군가가 아침에 이렇게 소리쳐서 나를 잠에서 깨웠다(9월 28일, 토요일). 방은 투명한 어둠에 싸여 있어서 나는 다른 세 개의 침대와 배개 위에 놓인 다섯 개의 서로 다른 나이트캡을 희미하게나마 알아볼 수 있었다. 그러나 창문 너머로는 여명이 산꼭대기를 넓은 붉은색 띠로 물들이고 있었다. 이제 곧 햇빛이 고원을 가득 채울 것이다. 고무적인 분위기였고, 바람 한 점 불지 않는 차분한 날씨였다. 나는 곧 모데스틴과 함께 길을 떠났다. 길은 잠시 고원 위로 이어지다가 깎아지른 듯한 절벽에 자리 잡은 마을을 지나 샤스작 강 계곡으로 내려갔다. 이 강은 가파른 강기슭에 의해 세상과 단절된 채 푸른 목초지 사이를 흐르고 있었다. 금작화가 꽃을 피우고 있었으며, 마을의 이 집 저집에서 연기가 하늘로 피어오르고 있었다.

드디어 길이 다리를 통해 샤스작 지방을 가로지른 다음 이 깊은 협곡을 뒤에 남겨놓은 채 굴레 산을 넘을 준비를 했다. 길은 오르막을 이루며 레탕프라는 마을과 밭, 너도밤나무와 자작나무 숲을 지나가면서 모퉁이를 돌아설 때마다 새롭고 흥미로운 풍경을 보여주었다. 심지어는 샤스작 협곡에서도 수 마일 떨어진 곳에서 울리는 큰 종소리와 흡사한 소리가 내 귀를 후려쳤다. 하지만 계속 길을 올라가면서 가까이 다가감에 따라 그 소리는 음색을 바꾸는 듯했다. 그리고 결국 나는 그것이 어느 목동이 양 떼를 목초지로 데려가기 위해 부는 나팔 소리라는 사실을 알게 되었다. 목에 작은 종을 매단 검은색과 흰색 양들이 레탕프 마을의 좁은 길거리를 이쪽 끝에서 저쪽 끝까지 가득 메운 채 새들이 봄철에 지저귀듯 함께 메에 메에 울고 있었다. 콘서트를 보듯, 인상적인 광경이었다. 조금 더 높은 곳에서 나는 낫을 든 채 나뭇가지에 앉아 있는 두 남자 옆을 지나갔다. 그중 한 사람이 부레춤곡을 흥얼거리고 있었다. 거기서 조금 더 가서 너도밤나무 숲속을 걸을 때는 수탉 울음소리가 내 귀에까지 즐겁게 들려왔고, 그와 동시에 저 높은 마을에서는 구슬프면서도 은근한 피리소리도 들려왔다.

나는 머리가 희끗희끗하고 뺨이 사과처럼 빨간 어느 시골학교 선생님이 가을 햇빛이 가득한 자신의 작은 정원에서 피리를 부는 모습을 상상했다. 이 모든 아름답고 흥미로운 소리들은 내 마음을 뜻밖의 기대감으로 가득 채웠다. 내가 지금 기어오르고 있는 이 산만 지나면 세계의 정원을 향해 내려가게 될 것이라는 생각이 들었다. 과연 나는 조금도 실망하지 않았다. 산을 지나자마자 비와 바람이 그치고 이 지역의 황량한 풍경도 사라졌기 때문이다. 내 여행의 제1부는 여기서 끝이 났다. 그러면서 마치 뭔가 듣기 좋은 소리가 훨씬 더 아름다운 또 다른 소리에 파묻히는 것처럼 느껴졌다.

형벌에 사형 말고도 다른 등급의 벌이 있는 것처럼, 운에도 여러 정도가 있다. 그리하여 나의 선한 정령이 나를 모험으로 인도하였고, 나는 미래의 나귀몰이꾼에게 도움이 되도록 이 모험에 관해 이야기를 하고자 한다. 길이 지그재그를 이루며 산비탈을 너무 멀리 돌았기 때문에, 나는 나침판과 지도로 지름길을 찾아낸 다음 더 높은 곳으로 더 빨리 가기 위해 키 작은 나무들이 들어차 있는 숲으로 들어섰다. 그런데 여기서 나는 모데스틴과 심각한 갈등을 벌였다. 모데스틴은 내가 찾아낸 지름길 따위는 아랑곳하지 않았다. 모데스틴은 내 앞에서 휙 돌아서더니 뒷걸음을 치며 발길질을 해댔다. 그런데 벙어리라고 생각했던 모데스틴이 새벽을 알리는 수탉처럼 쉰 목소리로 울어대기 시작하는 것이었다. 나는 한 손으로 막대기를 지팡이처럼 짚고, 내리막길이 너무 급경사였으므로 다른 손으로는 짐을 실은 안장을 꼭 붙잡고 있어야만 했다. 모데스틴은 하마터면 대여섯 차례 내 머리 위로 나둥그러질 뻔했다. 그 바람에 마음이 약해진 나는 계획을 포기하고 모데스틴을 비탈길 아래로 데려가서 도로를 따라 걷도록 할까를 대여섯 번이나 생각했다. 하지만 도박을 한다 생각하고 끝까지 밀어붙이기로 했다. 그래서 다시 길을 가는데 빗방울이 손에 떨어진 듯한 느낌이 들어 깜짝 놀랐다. 이게 뭔가 싶어 몇 번이나 눈을 들어 구름 한 점 없는 하늘을 올려다보았다. 하지만 그건 내 이마에서 흘러내린 땀이었다.

구데 산 정상에는 표시가 난 도로는 흔적을 감추고 오직 양 떼를 몰고 가는 사람들을 인도하기 위해 세운 돌기둥들만 여기저기 띄엄띄엄 서 있을 뿐이었다. 이끼로 뒤덮인 땅을 발로 밟자 푹신푹신하고 향기가 났다. 나와 동행한 것은 종달새 몇 마리뿐이었고, 레탕프와 블레이마르 사이에서는 소달구지 하나밖에 만나지 못했다. 내 앞으로는 깊지 않은 계곡이, 그리고 그 너머로는 나무가 드문드문 심어져 있고 산비탈은 기복이 매우 심한데도 전체적으로는 밋밋하고 칙칙한 로제르 산맥이 펼쳐져 있었다. 경작지는 거의 보이지 않았고, 오직 빌포르와 망드를 잇는 흰색 간선 도로 만이 블레이마르 근처에서 키 큰 포플러나무가 서 있고 양과 염소들의 목에 매달린 종이 울리는 목초지를 가로지를 뿐이었다.

소나무 숲에서 보낸 하룻밤

블레이마르에서 점심식사를 마친 후, 시간이 좀 늦기는 했으나 로제르 산을 오르기 위해 출발했다. 나는 사람들이 가축을 몰고 다니는 돌투성이 도로(그런데 길 표시가 잘 안 되어 있었다)를 따라 걸어갔다. 그러다가 겨울에 땔감으로 쓸 소나무를 가득 싣고 숲에서 내려오는 소달구지 대여섯 대를 만났다. 이 차가운 산등성이 위의 그다지 높지 않은 숲 꼭대기에서, 소나무들 사이로 난 왼쪽 길로 들어서서 걷던 나는 초록색 잔디로 덮여 있으며 몇 개의 돌 위에서 내가 마실 물을 내뿜고 있는 작은 개천을 우연히 발견했다. 그것은 "정령도, 숲의 요정도 나타나지 않는… 더 신성하거나 비밀스러운 은둔처"였다. 나무들은 고목은 아니지만 작은 빈터 주위에서 울창하게 자라고 있었다. 저 멀리 북동쪽의 구릉 정상이나 머리 바로 위의 하늘을 제외하고는 어떤 것도 보이지 않았다. 그래서 야영지가 마치 방 안에 있는 것처럼 안전하고 은밀

당나귀와 함께한 세벤 여행

하게 느껴졌다. 이것저것 정리하고 모데스틴을 먹이고 나자 날이 이미 어두워졌다. 나는 침낭을 무릎까지 끌어올린 다음 왕성하게 식사를 했다. 그리고 해가 지평선 너머로 넘어가자마자 모자를 눈 위까지 눌러 쓰고 잠이 들었다.

밤은 지붕 아래서는 죽음처럼 따분한 시간이지만, 열려 있는 세계에서는 별과 이슬, 향기와 더불어 가볍게 지나간다. 자연의 얼굴이 바뀌는 것을 보면 시간을 짐작할 수 있다. 벽과 커튼 사이에서 숨 막힘을 느끼는 사람에게 일종의 일시적인 죽음처럼 느껴지는 잠이 야외에서 자는 사람에게는 가볍고 활기찬 잠이 된다. 거기서 그 사람은 밤새도록 자연이 깊고 자유롭게 내쉬는 숨소리를 들을 수 있다. 심지어 자연은 휴식을 취할 때도 돌아서서 미소를 짓는다. 집 안에서만 사는 사람들은 잘 모르는 감동적인 시간이 있다. 즉 잠에서 깨어났다는 느낌이 잠들어 있는 지구 다른 쪽으로 멀리 퍼져나가 영향을 미치면, 다른 쪽 사람들도 잠자리에서 일어나는 것이다. 바로 그때가 수탉이 첫 울음소리를 내는 순간이고, 그것은 새벽이 왔음을 알리는 것이 아니라 밤이 빨리 지나가도록 재촉하는 쾌활한 파수꾼과도 같다. 소들은 목초지에서 깨어난다. 양들은 이슬에 젖은 산비탈에서 배를 채우고 고사리밭 한가운데의 새로운 은신처로 이동한다. 그리고 집 없이 새들이랑 같이 누워 있던 사람들은 흐릿한 눈을 뜨고 밤의 아름다움을 본다.

어떤 알아들을 수 없는 부름이, 어떤 부드러운 자연의 손길이 잠에 빠져 있는 이 모든 것들을 이렇게 소생시키는 것일까? 별들이 영향력을 발휘하는 것일까, 아니면 휴식 중인 우리들의 몸 아래에 있는 어머니 대지의 전율을 우리가 공유하는 것일까? 심지어는 이 같은 자연의 비밀에 대해 심오한 지식을 가진 양치기나 나이든 시골 사람들도 이 밤의 부활이 어떤 의미인지, 혹은 그것의 목적이 무엇인지는 알지 못한다. 그들은 새벽 두 시쯤에 이런 일이 일어난다고 말하는데, 그 이상은 알지도 못하고 또 알려고도 하지 않는다. 하지만 이것은 어쨌든 즐거운 사건이다. 우

당나귀와 함께한 세벤 여행

리가 잠을 방해받는 것은 관능적 쾌락을 쫓는 몽테
뉴처럼 오로지 "그것을 더 잘, 더 민감하게 음미하기
위해서"이다. 우리는 잠시 별들을 올려다본다. 우리
는 주변의 야외에 있는 피조물들과 이 같은 감정을
함께 나눈다. 그리고 문명의 성채에서 탈출하여 잠시
나마 한 마리 다정한 동물이, 자연 속에서 살아가는
양 떼들 가운데 한 마리가 되었다고 생각하며 특별한
즐거움을 느낀다.

　소나무들 사이에서 그 시간이 내게 찾아온 순간,
나는 목이 말라 잠에서 깨어났다. 반쯤 채워진 수통
이 옆에 놓여 있었다. 나는 그 속에 든 물을 벌컥벌컥
들이켰다. 차가운 물이 뱃속으로 들어가자 잠이 확
깼다. 나는 담배를 말아 피우려고 일어나 앉았다. 별
들은 또렷하고 보석처럼 빛났다. 하지만 차가워 보이
지는 않았다. 희미한 은빛 가루가 은하수를 만들어냈
다. 주변에는 검은 소나무들의 뾰족한 꼭대기가 전혀
흔들리지 않고 똑바로 서 있었다. 짐 안장이 흰색이
라서 나는 모데스틴이 자신을 묶어둔 밧줄의 반경 안

에서 계속 뱅글뱅글 도는 것을 볼 수 있었고, 그녀가 풀밭에서 풀 뜯어 먹는 소리도 들을 수 있었다. 그것 외에 들려오는 소리는 마치 사람이 조곤조곤 말하듯 돌 위를 고요히 흘러가는 시냇물 소리뿐이었다. 나는 우리가 우주공간이라고 부르는 하늘의 색깔에 감탄하며 천천히 담배를 피웠다. 하늘은 소나무들 뒤편에서는 불그스름한 회색을, 별들 사이에서는 윤기 나는 검푸른 색을 띠었다. 나는 꼭 행상처럼 은반지를 끼고 있었다. 담배를 들었다 내렸다 할 때마다 반지가 희미하게 빛나는 것이 보였다. 담배 연기를 훅 내뿜을 때마다 손 안쪽이 환히 빛나면서 일순 풍경에서 가장 밝은 빛이 되곤 했다.

약한 바람이, 아니 기류라기보다는 움직이는 냉기 같은 것이 이따금 숲속 빈터를 통과해 지나갔다. 그리하여 심지어 내 거대한 공간에는 밤새도록 새로운 공기가 채워지고 있었다. 샤스라데스 여관과 다닥다닥 붙어 있던 나이트캡이 생각나는 순간, 나는 두려움에 몸을 떨었다. 직원들과 학생들의 야간작업, 무더운 극장, 마스터키, 답답한 방이 생각났을 때도 그랬다. 이렇게까지 평온하게 나 자신을 소유하여 즐거워해 본 적이 없었고, 이렇게까지 내가 물질적 도움으로부터 독립되어 있다고 느껴본 적도 없었다. 결국 바깥 세상이 조용하고 살기 알맞은 곳인 듯하다. 밤이면 밤마다 들판(하나님이 늘 집의 문을 활짝 열어놓고 찾아오는 사람을 기다리는)에 침대가 마련되어 인간을 기다리고 있는 것 같다. 나는 미개인들은 알지만 정치·경제학자들은 모르는 진실 가운데 하나를 다시 발견했다고 생각했다. 최소한 나는 나 자신을 위한 새로운 즐거움 한 가지를 찾아낸 것이다. 나는 내가 혼자라는 사실에 의기양양했다. 하지만 이상하게 무엇인가가 부족하게 느껴졌다. 나는 별빛 아래서 내 옆에 누워 있는 동반자를, 그저 조용하고 움직이지도 않는, 그러나 항상 손 닿는 거리에 있는 동반자를 원했다. 거기에는 심지어 고독보다 더 조용하며, 제대로 이해되기만 하면 완전해지는 유대가 존재하기 때문이다. 그리하여 남자가 사랑하는 여인과 집 밖에서 사는 것은 모든 삶 중에서 가장 완벽하고 자유로운 삶이 되는 것이다.

내가 그렇게 누워서 만족감과 그리움이라는 두 가지 감정 사이에서 흔들리고 있는데, 소나무들 사이로 어떤 소리가 희미하게 들려왔다. 처음에 나는 그것이 꽤 멀리 떨어진 어떤 농장에서 닭이 울거나 개가 짖는 소리라고 생각했다. 그러나 그 소리가 서서히 음절의 형태를 갖추어가자, 나는 어떤 여행자가 골짜기의 큰길을 지나가면서 크게 노래를 부르고 있다는 걸 알아차렸다. 그의 공연에서는 우아함보다는 선의가 느껴졌다. 그는 허파를 한껏 부풀려 명랑하게 노래했다. 그의 목소리는 산비탈에서 더 커지더니 녹음이 우거진 협곡에서 대기를 뒤흔들어놓았다. 나는 밤에 사람들이 잠든 도시를 지나가는 소리를 들은 적이 있다. 그들 중 몇 명은 노래를 부르고 한 명은 백파이프를 큰 소리로 연주하고 있었다. 몇 시간 동안 조용하더니 느닷없이 수레인지 마차인지가 튀어 올랐다가 덜컹거리며 지나가는 소리가 몇 분 동안(내가 누워

당나귀와 함께한 세벤 여행

있었기에 나의 제한된 청각 영역에서는 그렇게 느껴졌다) 들려
왔다. 어두운 시간에 밖에 있는 사람들에게는 낭만이
있다. 우리는 살짝 흥분하며 그들이 무슨 일을 하는
지 짐작해보려고 애쓴다. 하지만 여기서 낭만은 이중
적이다. 한편으로 포도주를 마셔서 마음속이 환하게
밝혀진 저 즐거운 여행자는 자신의 목소리를 어둠을
통해 음악으로 허공에 올려보냈다. 그리고 다른 한편
으로 나는 침낭의 버클을 채운 다음 소나무 숲에서
4~5천 피트쯤 떨어진 곳에서 빛나는 별을 바라보며
홀로 담배를 피우고 있다.

다시 잠에서 깨어 보니(9월 29일, 일요일) 별들은 대
부분 사라지고 가장 눈부시게 빛나는 별 몇 개만 남
아 여전히 내 머리 위에서 또렷하게 빛을 발하고 있
었다. 마지막으로 잠이 깼을 때 은하수가 그랬던 것
처럼, 동쪽 멀리 지평선 위로 얇은 안개가 환하게 빛
났다. 이제 곧 날이 샐 것이다. 나는 등에 불을 붙이
고 그 희미한 불빛에 의지하여 장화를 신고 각반을
찬 다음 모데스틴에게 줄 빵조각을 좀 떼어내고 물통

에 물을 채운 뒤 내가 마실 초콜릿 차를 끓이기 위해 알코올램프를 켰다. 내가 너무나 편안하게 잠을 잤던 작은 골짜기 속으로 푸르스름한 안개가 퍼져 나갔다. 얼마 안 있어서 살짝 금빛을 띤 넓은 분홍색 띠가 비바레 산맥의 능선을 감쌌다. 그렇게 서서히 날이 밝아오는 걸 보고 있자니 내 마음은 엄숙한 기쁨에 사로잡혔다. 실개천이 흐르는 소리가 들려오자 기분도 좋아졌다. 나는 뭔가 아름다운 것, 뜻밖의 것이 있을까 해서 주변을 살폈다. 하지만 움직임이 없는 검은색 소나무들, 텅 비어 있는 숲속 빈터, 풀을 뜯어 먹고 있는 당나귀 등, 모든 게 다 그대로였다. 아무것도 바뀌지 않았다. 오직 빛만이 활기찬 생명과 정적을 널리 퍼트리면서 나를 불가사의한 환희 속에 빠트렸다.

초콜릿을 물에 타서 마셨다. 진하지는 않았지만 따뜻했다. 숲속 빈터를 오르락내리락하며 여기저기를 거닐었다. 내가 이렇게 늑장을 부리고 있는 동안 아침의 나라에서 직접 뿜어내는 깊은 한숨 같은 바람이 세차게 불어와 나를 확 덮쳤다. 바람이 차가워서 재

채기가 나왔다. 바람이 지나가자 근처에 서 있던 나무들이 검은 깃털들을 흔들어 날려 보냈다. 멀리 보이는 가느다란 첨탑 모양의 소나무들이 황금빛이 감도는 동편을 배경으로 산모퉁이를 따라 이리저리 가볍게 움직이는 것이 보였다. 10분 뒤, 햇빛이 그림자와 광채를 흩뿌리며 산비탈을 따라 빠르게 퍼져 나가면서 날이 완전히 밝았다.

나는 서둘러 짐을 싸서 내 앞에 펼쳐져 있는 가파른 길을 오르기 시작했다. 그러나 뭔가 마음에 걸리는 게 있었다. 그것은 그저 환상에 불과했다. 그러나 때로는 환상이 중요할 때도 있다. 나는 나의 푸르른 여행자 쉼터에 정중하게 초대받아 후한 대접을 받았다. 방은 바람이 잘 통했고, 물은 맛이 꽤 좋았으며, 새벽은 내가 원하는 시간에 나를 깨워주었다. 융단과 독특한 모양의 천장은 물론 창밖으로 보이는 전망에 대해서는 새삼스레 말할 필요가 없었다. 이처럼 아낌없이 환대받은 나는 누군가에게 빚을 졌다는 느낌이 들었다. 그래서 그곳을 떠나며 반쯤은 장난스럽게 숙

박비에 해당하는 동전 몇 닢을 땅에 놓아두었다. 그
랬더니 너무 기분이 좋았다. 나는 이 돈이 돈도 많으
면서 막돼먹은 나귀몰이꾼의 수중에 들어가지는 않
을 것이라 믿는다.

당나귀와 함께한 세벤 여행

카미자르들의 고장

"우리는 옛 전쟁의 흔적을 찾아 여행했다.
그러나 모든 땅은 푸르렀다.
우리는 사랑을, 그리고 평화를 발견했다.
화염과 전쟁이 있던 바로 그곳에서
그들은 지나가며 미소짓는다, 칼의 후예들은—
그들은 더이상 칼을 휘두르지 않는다.
그리고, 오, 싸움터에서 자라나는
밀의 뿌리는 얼마나 깊은지."

– W. P. 베너타인

로제르 산을 넘다

저녁에 내가 따라왔던 길은 바로 끊기고, 나는 굴레 산을 넘어올 때 보았던 돌기둥들이 죽 늘어서 있는 헐벗은 풀밭을 계속 걸어 올라갔다. 날씨가 제법 더웠다. 나는 재킷을 벗어 짐에 묶고 니트조끼 차림으로 걸었다. 신이 난 모데스틴은 이번 여행에서 처음으로 자기 뜻에 따라 내 코트 주머니에 들어 있는 귀리가 춤을 출 정도로 몸을 흔들며 종종걸음을 쳤다. 뒤쪽으로 보이는 북부 제보당 지역의 전망은 내가 걸음을 옮길 때마다 점점 더 넓어졌다. 북쪽과 동쪽, 그리고 서쪽으로 뻗어 있으며 모든 것이 아침 안개와 햇빛 속에 푸른색과 황금색으로 물들어 있는 자연 그대로의 언덕에는 나무 한 그루, 집 한 채 보이지 않았다. 작은 새떼가 쩍쩍거리며 내가 지나가는 길을 휩쓸고 지나갔다. 새들은 돌기둥 위에 올라앉아 있거나 잔디 위를 걸으며 뭔가를 쪼아먹었다. 나는 그들이 푸른 하늘에서 무리를 이루어 빙글빙글 돌면서 이따금 태양과 나 사이에서 투명한 날개를 퍼덕이는 것을 보았다.

걷기 시작하자마자 희미한 굉음이 마치 먼 해변으로 밀려오는 큰 파도 소리처럼 내 양쪽 귀를 가득 메웠다. 나는 때로는 그것이 가까운 폭포에서 나는 소리라고, 또 때로는 산이 너무 고요해서 드는 전적으로 주관적인 느낌이라고 믿고 싶었다. 하지만 계속해서 걸어 나가자, 그 소리는 점차 더 커져서 마치 엄청나게 큰 찻주전자에서 물이 펄펄 끓는 소리 같았고, 그와 동시에 차가운 공기가 산꼭대기에서 내 쪽으로 불어오기 시작했다. 마침내 나는 깨달았다. 그 바람

당나귀와 함께한 세벤 여행

은 남쪽에서 로제르 산의 다른 산비탈로 세차게 불고 있었으며, 한 걸음씩 옮길 때마다 나는 그 바람에 가까이 다가가고 있었다.

오랫동안 원했던 것임에도 불구하고, 나는 결국 전혀 예기치 않은 순간에 산 정상에 서게 되었다. 나는 지금까지 내디딘 다른 걸음보다 굳이 더 결정적이라고는 말할 수 없는 한 걸음을 내디뎠고, "용감한 코르테즈가 독수리 같은 눈으로 태평양을 응시하는 것처럼" 세계의 새로운 한 부분을 내 이름으로 소유하게 되었다. 이제 내가 그토록 오랫동안 기어올랐던 거친 잡초의 장벽 대신에, 안개 자욱한 드넓은 하늘의 경관과 푸르른 언덕들이 서로 뒤얽혀 있는 대지가 내 발밑에 펼쳐져 있었다.

로제르 산은 제보당 지역을 서로 다른 두 부분으로 나누면서 거의 동서 방향으로 누워 있었다. 이 산에서 가장 높은 지점은 바로 지금 내가 서 있는 픽드피니엘 봉우리인데, 높이가 해발 5600피트여서 날씨가 맑을 때는 랑그독 지방은 물론 지중해까지 보였다.

나는 하얀 배들이 몽펠리에와 세트 근처를 지나가는 것을 픽드피니엘에서 보았다고 주장하거나 그렇게 믿는 사람들과 얘기를 나눈 적이 있다. 내가 지금까지 지나온 뒤쪽의 북부 고지대는 과거에 사나운 늑대들로 유명했을 뿐 따분한 사람들이 살고 있으며 숲도 없고 산의 모양이 장엄하지도 않다. 반면에 내 앞에는 햇살이 내리쬐는 안개에 반쯤 가려진 풍요하고 그림처럼 아름다우며 마음을 뒤흔드는 사건들로 익히 알려진 새로운 제보당 지역이 펼쳐져 있었다. 개략적으로 얘기하자면, 나는 지금까지 여행 내내 르 모나스티에의 세벤 지방에 있었다. 그러나 오직 내 발아래 펼쳐진 이 혼란스럽고 껄끄러운 지역만이 그 이름에 대한 어떤 칭호를 가지고 있다는 엄격하고 지역적인 의미가 존재하며, 그 지역 사람들은 이 단어를 이같은 의미로 사용한다. 이곳은 특히 강조되어야 할 세벤 지방, 즉 세벤 중의 세벤인 것이다. 도저히 빠져나갈 수 없을 것 같은 이 미로 같은 산들 사이에서 군대와 장군들을 거느린 대군주와 수천 명의 프로테스탄트 산사람들 사이에 산적들의 전쟁과 야수들의 전쟁이 2년 동안 치열하게 벌어졌다. 180년 전, 카미자르[18]들은 내가 서 있는 이곳, 로제르 산까지 장악했었다. 그들은 조직과 무기고, 군사적·종교적 체계를 갖추고 있었다. 그들에 관한 이야기는 런던의 모든 카페에서 화제가 되었다. 영국은 그들을 지지하여 함대를 파견했다. 그들의 지도자들은 예언하고 살인했다. 깃발과 북을 든 프로테스탄트 무리는 옛 프랑스 성가를 부르며 때로는 낮에 도발을 감행, 성벽으로 둘러싸인 도시 앞까지 진군하여 왕의 장군들을 쫓아냈다. 또 때로는 밤중에, 혹은 변장을 하고 난공불락의 성들을 점령하여 동맹자들의 배신행위에 대해 복수를 하거나 적들에게 잔혹하게 보복했다. 180년 전, 그곳에는 의협심이 강한 롤랑이, 프랑스 프로테스탄트들의 총사령관인 백작이자 군주인 롤랑이 있었다.

---

18) camisard, 셔츠를 뜻하는 'camisa'라는 랑그독 말에서 유래한다. 프랑스 프로테스탄트들이 셔츠만 입고 루이 14세의 왕립군과 싸웠기 때문에 이런 이름이 붙여졌다.

퇴역 기병이었던 그는 엄격하고 과묵하고 권위적이었으며, 얼굴이 얽었고, 그를 사랑하는 한 여인이 그가 가는 곳마다 따라다녔다. 그곳에는 카발리에도 있었다. 그는 전쟁에 재능을 타고난 수습 제빵사 출신으로서 열일곱 살에 카미자르군 기병하사로 임명되었고 쉰다섯 살에 저지 섬의 영국 총독으로 삶을 마쳤다. 그리고 또 아주 큰 가발을 쓰고 열띤 신학적 논쟁을 벌였던 프로테스탄트 게릴라군의 지도자 카스타네도 있었다. 이들 이상한 장군들은, 영혼이 자신의 마음에 속삭이는 대로, 군대의 신과 함께 회의를 열기 위해 멀리 떨어진 곳에 은둔하기도 하고, 도망치거나 싸움을 걸기도 하고, 보초를 세우거나 아니면 무방비 상태의 야영지에서 잠을 자기도 했다. 또한, 그곳에는 이와 같은 지도자를 따르는 예언자들과 신봉자들 무리가 있었다. 이들은 대담하고, 끈기 있고, 지칠 줄 모르고, 거침없이 산을 질주했다. 이들은 찬송가를 부르면서 자신들의 거친 삶을 위안했고, 죽어라 싸우고 간절히 기도했으며, 정신이 온전하지 않은 아이들의 예언에 경건한 태도로 귀 기울이고, 머스킷총에 장전하는 백랍 총알 사이사이에 밀알을 끼워 넣기도 했다.

나는 지금까지는 재미없고 따분한 지역을 여행했다. 이 구간에는 아이들을 잡아먹는 제보당의 야수라든가 늑대들의 나폴레옹 보나파르트 말고는 특별한 것이 없었다. 그러나 이제 나는 세계사에서 낭만적인 한 장章의 장면 속으로, 혹은 더 나아가 낭만적인 각주 속으로 들어갈 것이다. 사라져간 이 모든 먼지와 영웅주의에서 과연 무엇이 남아 있는 것일까? 나는 프랑스 프로테스탄트 저항의 본영이라 할 수 있는 이곳에 여전히 프로테스탄트가 존속하고 있다는 얘기를 들었다. 심지어는 '눈의 성모마리아 수도원' 신부도 수도원 응접실에서 내게 같은 얘기를 했었다. 그러나 나는 프랑스 프로테스탄트가 그냥 명맥만 유지하고 있는 수준인지, 아니면 활발하고 관대한 전통으로 자리 잡았는지를 알아야 한다. 다시 말하자면, 만일 북부 세벤 지방 사람들이 편협한 종교적 판단을 내리고 관용보다는 열정으로 충만해 있다면, 과연 나는 이 박해와 보복의 땅에서, 교회의 압제로 인해 카미자르 전쟁이 일어나고 다른 한편으로는 카미자르들에 대한 두려움이 가톨릭을 믿는 농민들로 하여금 합법적으로 봉기를 일으키게 하여 카미자르들과 플로랑탱 가톨릭 민병대가 산속에서 서로의 목숨을 노리고 잠복해 있던 이 땅에서 무엇을 찾아야 할까?

죽 늘어서 있던 돌기둥들이 내 앞의 지평선을 살펴보기 위해 잠시 멈추어 선 산등성이에서 갑자기 사라져버렸다. 조금 더 밑으로 내려가니 사람들이 걸어다녀서 생긴 길 같은 것이 나타나 마치 암나사처럼 위험할 정도로 가파른 내리막을 이루며 내려가기 시작했다. 그 길은 수확이 끝난 보리밭처럼 돌 그루터기가 많은 가파른 언덕들 사이의 계곡으로 이어졌다가 아래쪽에서 다시 푸르른 목초지로 이어졌다. 나는 서둘러 길을 따라 내려갔다. 가파른 비탈길, 계속해서 날렵하게 꺾어지며 구불구불 이어지는 내리막길, 새로운 지방에서 새로운 무엇인가를 발견하고 싶다는 오래된 희망, 이 모든 것이 내게 날개를 달아주었다. 거기서 조금 더 내려가자 몇 개의 샘이 모여 이뤄진 개울이 흐르고 있었으며, 곧 언덕들 사이에서 즐거운 소리가 들려왔다. 모데스틴은 이따금 작은 폭포가 흘러내려 길 위에 만들어놓은 웅덩이에 발을 담가 생기를 되찾곤 했다.

하산길을 너무 빨리 내려와서 나는 꼭 꿈을 꾼 것만 같았다. 산 정상을 떠났다 했더니 어느새 계곡이 내가 걷는 길을 둘러쌌다. 나는 쏟아지는 햇살을 온몸에 받으며 저지대의 정체된 대기 속을 걷고 있었다. 산길은 도로로 바뀌어 완만한 기복을 이루며 오르락내리락했다. 오두막을 차례로 지나쳤다. 그 집들은 모두 버려진 듯 보였다. 사람의 흔적은 찾아볼 수 없고, 강물 소리 외에는 아무 소리도 들려오지 않았다. 그렇지만 나는 전날과는 다른 지방에 와 있었다. 우리 세계의 골격을 이루고 있는 것처럼 보이는 바위가 태양과 공기에 적나라하게 노출되어 있었다. 내리막길은 가파르고 변화가 심했다. 잘 자라서 잎이 무성하고 선명하면서도 진한 가을 색을 띤 떡갈나무들이 언덕에 매달려 있었다. 여기저기서 시냇물들이 눈처럼 하얀 둥근 바위들로 이루어진 협곡으로 폭포가 되어 떨어지고 있었다. 저지대의 강(개울은 흐르면서 사방에서 물을 모아 금세 강으로 변했다)은 여기서 급류를 이루어 필사적으로 거품을 뿜어대다가 저쪽에서는 맑은 갈색이 도는 매혹적인 녹청색 웅덩이를 이루었다. 나는 이번 여행을 시작한 뒤로 이렇게 변화무쌍하고 미묘한 색의 강을 본 적이 없다. 수정도 이보다 더 맑지 않을 것이며, 목초지 역시 강의 절반만큼도 푸르지 않을 것이다. 나는 덥고 먼지가 낀 옷을 벗어버리고 내 벌거벗은 몸뚱이를 산의 공기와 물속에 담그고 싶은 강한 욕구를 느꼈다. 길을 가는 내내, 사방의 고요한 기운이 그날이 주일이라는 사실을 상기시켜 주었다. 그리고 마음속에서 유럽 전역에 요란하게 울리는 교회 종소리와 수많은 교회에서 부르는 성가가 울려 퍼졌다.

마침내 인간의 소리가 내 귓전을 때렸다. 그것은

당나귀와 함께한 세벤 여행

연민과 조롱 사이에서 이상하게 조율된 외침이었다. 계곡을 훑어보던 나는 한 아이가 손을 무릎에 얹고 풀밭에 앉아 있는 것을 보았다. 아이는 멀리 떨어져 있어서인지 우스꽝스러울 정도로 작아 보였다. 내가 떡갈나무 사이로 난 길로 모데스틴을 몰고 내려오자, 아이가 살짝 떨리는 목소리로 내게 인사를 함으로써 이 새로운 지방에 온 내게 경의를 표했다. 모든 소리는 멀리서 들으면 다 아름답고 자연스럽듯이, 산속의 아주 깨끗한 공기를 통해 푸르른 계곡을 가로질러 내게 전달되는 이 소리도 내 귀에는 감미롭게 울리면서 떡갈나무나 강처럼 목가적인 존재로 느껴졌다.

잠시 후, 내가 따라가던 개울은 낭자한 유혈의 기억을 지닌 퐁드몽베르에서 타른 강으로 흘러 들어갔다.

퐁드몽베르

내 기억이 정확하다면, 내가 퐁드몽베르에서 처음

만난 것은 프로테스탄트 교회였다. 하지만 이 교회는 내가 보게 될 많은 새로운 것들 가운데 하나에 불과했다. 영국의 마을과 프랑스의 마을, 아니 심지어 스코틀랜드의 마을은 분위기 면에서 미묘한 차이가 있다. 칼라일에서 당신은 당신이 어떤 지방에 와 있는지 알 수 있다. 그런데 거기서 30마일 떨어진 덤프리즈에 가면 또 다른 지방에 와 있다는 확신이 든다. 나는 특별히 어떤 점에서 퐁드몽베르가 르 모나스티에나 랑고뉴, 그리고 심지어는 블레이마르와 다른지를 말한다는 것이 쉽지 않음을 알게 되었다. 그러나 차이는 존재했고, 나는 그 차이를 눈으로 분명히 확인할 수 있었다. 그곳의 집들과 길, 반짝이는 강둑은 뭐라 표현하기 어려운 남부 프랑스의 분위기를 풍겼다.

주일의 평화로운 분위기였던 산속과 달리 이곳 길거리와 공공장소는 일요일이어서인지 사람들로 북적거렸다. 오전 11시쯤 내가 점심식사를 할 때 식당에는 스무 명가량 되는 사람들이 있었다. 그런데 내가 식사를 한 후 계속 앉아서 일기를 쓸 때쯤에는 한 명씩 차례로, 혹은 두세 명씩 들어온 것 같다. 로제르산을 넘어옴으로써 나는 새로운 자연 특징 한가운데로 넘어왔을 뿐만 아니라 다른 인종의 영토로 이동한 것이다. 이 사람들은 마치 펜싱을 하듯 현란한 칼질로 고기를 잘라 먹으면서 내게 질문하고 말했다. 그들은 내가 지금까지 만난 사람들 가운데 샤스라드에서 만난 철도 관련 종사자들을 제외하고는 가장 뛰어난 지성을 보여주었다. 그들은 솔직해 보이는 얼굴이었고 말투도 태도도 모두 활기에 가득 차 있었다. 그들은 내 짧은 여행의 의미에 대해 전적으로 공감했을 뿐만 아니라 그들 가운데 몇몇은 자기도 돈이 있다면 나처럼 여행하고 싶다고 말하기도 했다.

심지어는 여성들의 용모에서도 즐거운 변화가 일어났다. 르 모나스티에를 떠난 뒤로 예쁜 여자를 단한 명도 만나지 못했는데, 드디어 여기서 보게 된 것이다. 나와 함께 식탁에 앉아 식사를 한 세 여성 가운데 한 명은 결코 예쁘다고는 할 수 없었다. 조금 소심해 보이는 이 40대 여성이 여러 사람이 앉아 시끌벅

적한 식탁에서 곤혹스러워하기에, 나는 포도주를 권하며 그녀에게 도움을 주고 용기도 불어넣으려고 애썼지만, 오히려 역효과가 나고 말았다. 그러나 다른 두 여성은 둘 다 기혼이고 용모도 평균 이상이었다. 그리고 클라리스! 클라리스에 대해서는 뭐라고 얘기를 해야 할까? 그녀는 마치 암소처럼 서투르지만 온화하고 차분하게 식탁 시중을 들고 있었다. 그녀의 커다란 회색빛 눈은 사랑의 우수에 잠겨 있었고, 그녀의 이목구비는 살집이 좀 있음에도 불구하고 독특한 개성이 있고 섬세했다. 그녀의 입은 동그랗게 말려 있었고, 콧구멍의 생김새는 그녀가 신중하고 자존심이 센 사람이라는 사실을 드러내었다. 또 뺨의 윤곽은 이상하면서도 흥미로웠다. 그것은 강렬한 감정을 표출할 수 있는 얼굴이었으며, 훈련만 한다면 섬세한 감수성도 표현할 수 있을 것이다. 이 훌륭한 모델을 시골사람들만이 그들의 사고방식으로 보고 감탄하는 것을 보니, 왠지 아쉽게 느껴졌다. 아름다움은 어쨌든 사회와 접촉해야 한다. 그래야 일순 아름

당나귀와 함께한 세벤 여행

다움을 짓누르고 있던 무게를 떨쳐버리고, 아름다움 그 자체를 의식하면서, 우아하게 걷는 법과 머리를 가누는 법을 배우게 된다. 순식간에 여신이 되는 것이다. 떠나기 전에 나는 내가 그녀에게 진심으로 감탄하고 있다는 사실을 확인시켜 주었다. 하지만 그녀는 당황하거나 놀라워하지 않고 마치 우유를 마시듯 내 말을 담담하게 받아들이며 큰 눈으로 나를 계속 바라보았을 뿐이다. 고백하건대, 나는 그녀의 반응에 조금 혼란스러웠다. 만약 클라리스가 영어를 할 줄 알았다면, 나는 감히 그녀의 몸매가 그녀의 얼굴만큼은 예쁘지 않다고 덧붙이지 못했을 것이다. 하지만 그것도 그녀가 나이가 들면 더 나아질 수 있을 것이다.

퐁드몽베르, 혹은 그린힐브릿지(우리 고향에서는 이렇게 부른다)는 카미자르들의 역사에서 기억할 만한 곳이다. 카미자르 전쟁이 시작된 곳이 바로 이 마을이다. 프랑스 남부의 프로테스탄트들이 세일라 신부를 살해한 곳도 이곳이다. 지금처럼 평화롭고 사람들의 신앙심이 깊지 않으며 불신자들도 많은 시대에는 이 같은 한쪽의 박해와 다른 쪽의 과격한 열의를 이해하기가 좀처럼 쉽지 않다. 프로테스탄트들은 열정과 슬픔 속에서 개인이나 집단 모두 바른 마음을 유지하고 있었다. 그들은 남녀 가릴 것 없이 모두가 예언자였다. 젖먹이들이 자기 부모들에게 선한 일을 하라고 열심히 권했다. "키싹이라는 마을에서는 엄마 팔에 안긴 15개월짜리 아이가 온몸을 떨고 흐느껴 울며 분명히 알아들을 수 있을 만큼 큰 목소리로 말했다." 빌라르 장군은 어떤 마을에서 모든 여자들이 "귀신에 들린 듯" 발작을 하고, 길거리에서 공공연하게 예언을 하는 모습을 보았다. 비바레 지방의 한 여자 예언자는 그녀의 눈과 코에서 피가 흘러나와 몽펠리에에서 교수형을 당했다. 그녀가 프로테스탄트들이 불행을 겪고 있어서 자기가 그렇게 피눈물을 흘리는 거라고 공언했기 때문이다. 여자들과 어린아이들뿐만이 아니었다. 낫을 휘두르고 벌목용 도끼를 휘두르는 데 익숙한 건장하고 위험한 사내들 역시 이상한 발작을 일으키고, 흐느껴 울며 신탁을 전했다. 잔혹하기 짝이 없는 박해가 거의 20년 동안 계속되었다. 목매달아 죽이고 불에 태워 죽이고 바퀴에 깔아 죽이고…, 하지만 아무 소용없었다. 용기병들이 이 지역에 그들의 말발굽 자국을 남겨놓았다. 남자들은 끌려가 노예선에서 노를 젓고 여자들은 교회 감옥에서 서서히 죽어갔다. 하지만 강직한 프로테스탄트의 가슴속 생각은 조금도 달라지지 않았다.

이제 라무아뇽 드 바빌 이후에 프로테스탄트 박해의 우두머리이자 핵심인물이 된 프랑수아 드 랑글라드 세일라는 세벤 지방의 수석 사제이자 선교감시관으로서 퐁드몽베르에 집이 있어서 이따금 머물곤 했다. 해적이 되려고 작정하고 태어난 것처럼 보이는 이 성실한 인물은 한 인간이 중용을 이해하고 실행할 수 있는 나이인 쉰다섯 살이 되었다. 젊었을 때 중국에서 선교사로 활동했던 그는 그곳에서 온갖 고난을 겪다가 죽을 뻔했으나, 한 너그러운 천민의 도움을 받아 겨우 목숨을 건졌다. 우리는 그 천민이 통찰

력이 있었던 게 아니고, 그런 행위를 한 것에 어떤 의
도도 없었음을 고려해야 한다. 그런 경험이 핍박하고
싶은 욕망을 가진 사람을 치료했을 거라고 생각할 수
도 있기 때문이다. 그러나 인간의 정신은 이상하게
조합되어 있어서, 기독교의 순교자였던 세일라는 기
독교의 박해자가 되고 말았다. 신앙전도사업이 그의
손에 맡겨졌다. 퐁드몽베르에 있는 그의 집이 감옥으
로 쓰였다. 거기서 그는 감옥에 갇혀 있는 사람들로
하여금 잘못된 생각에 현혹되었다고 믿게 하려고 그
들의 수염을 뽑고 손을 불붙은 석탄 위에 올려놓게
했다. 하지만 그는 이런 물리적 수단이 중국의 불교
신자들에게 아무 효과도 발휘하지 못한다는 사실을
직접 깨닫고 입증하지 않았던가?

랑그독 지방에서의 삶은 견디기 힘들었을 뿐만 아
니라 여기서 달아나는 것도 엄격히 금지되었다. 산길
을 훤히 알고 있는 마십이라는 나귀몰이꾼은 이미 여
러 차례 도망자들을 제네바까지 안전하게 데려다준
적이 있었다. 그런데 세일라가 대부분 남장 여자들로

이루어진 또 다른 도망자 무리를 붙잡았고, 이것이 세일라에게는 불행의 서막이었다. 그다음 일요일에 부즈 산에 있는 알트파쥬 숲에서 프로테스탄트들의 비밀집회가 열렸다. 이 집회에는 양털 깎는 일을 하는 키 크고 얼굴이 검으며 이빨이 없어도 예언 능력은 출중한 세귀에라는 사람(동료들은 그를 스피리트 세귀에, 즉 영혼 세귀에라고 불렀다)이 있었다. 그는 굴종의 시대는 끝났으며 프로테스탄트들의 해방과 가톨릭 사제들의 말살을 위해 무기를 들어야 한다고 신의 이름으로 선언했다.

다음날(1702년, 7월 24일) 밤, 어떤 소리가 퐁드몽베르에 있는 그의 저택 겸 감옥에 앉아 있던 선교감시관을 불안하게 만들었다. 많은 사람들이 입을 모아 부르는 찬송가 소리가 마을을 가로질러 점점 더 가까이 다가왔다. 밤 열 시였다. 그의 집 안에는 그를 비롯해 사제와 군인, 하인 등 열서너 명이 있었다. 그는 자기 집 창문 아래에서 무례한 프로테스탄트 집회가 열릴까 걱정하면서 군인들에게 상황을 보고하라고 지시했다. 그러나 찬송가를 부르는 사람들은 벌써 그의 집 앞에 와 있었다. 세귀에가 이끄는 이 쉰 명의 건장한 남자들은 죽음을 두려워하지 않았다. 그들이 나오라고 요구하자 세일라는 완고한 늙은 박해자처럼 응수했고, 그리고 프로테스탄트들을 향해 발포하라고 군인들에게 명령했다. 한 카미자르(몇몇 사람에 의하면, 이들이 카미자르라는 이름을 갖게 된 것은 바로 이날 밤 사건 때문이라고 한다)가 군인의 총에 맞아 쓰러졌다. 그의 동료들은 손도끼와 나무기둥으로 세일라의 집 문을 부수고 들어가 1층을 돌아다니며 죄수들을 풀어 주었다. 그러던 그들은 죄수 중 한 사람이 '스케빈저의 딸'이라고 불리는 고문기구에 머리와 두 팔, 두 발이 끼어있는 것을 보자 세일라에 대한 분노가 폭발하여 거듭된 공격으로 2층을 점령하려고 애썼다. 세일라는 그를 신봉하는 사람들의 죄를 사해주었고, 이들은 용감하게 계단을 방어하였다.

그때 예언자가 소리쳤다.

"하나님의 자식들이여, 잠시 멈추고 내 말을 들어

당나귀와 함께한 세벤 여행

보시오! 우상을 숭배하는 저 신부와 그의 부하들을 이 집과 함께 불태워버립시다!"

불은 금세 번져나갔다. 세일라와 그의 부하들이 시트로 매듭을 지은 다음 그것을 타고 2층 창문을 통해 정원으로 내려왔다. 그들 가운데 몇 명은 반란을 일으킨 사람들이 쏘아대는 총탄을 간신히 피해가며 강을 건너 도망쳤다. 그러나 세일라는 창문에서 뛰어내리다 넓적다리가 부러져 겨우겨우 울타리까지만 기어갈 수 있었다. 이렇게 두 번째 순교의 순간이 다가왔을 때 그는 과연 무엇을 생각했을까? 불행하게도 얼이 빠져버린 이 증오에 가득 찬 용감한 남자는 자기가 세벤 지방과 중국 둘 다에서 주어진 임무를 결연히 수행했다고 생각했다. 그는 자신을 변호하기 위해 사용할 단어를 최소한 하나는 찾아냈다. 그의 집 지붕이 무너지면서 집 내부가 위쪽으로 치솟아 오른 불빛에 환히 드러났다. 프로테스탄트들이 다가와 그를 마을의 공공장소로 끌고 가면서 격분하여 그를 향해 "지옥에 떨어질 인간!"이라고 소리치자 그가 말했다. "그래, 너희들 말대로 내가 지옥에 떨어질 인간이라고 치자. 하지만 너희들은 왜 지옥에 떨어질 짓을 하는 거지?"

그것은 매우 탁월한 논거였다. 하지만, 감시관의 직무를 수행하는 동안 그는 모두가 반대로 말하는 훨씬 더 강력한 논거들을 제시했었다. 그리고 이제 그는 이 논거들을 듣게 될 것이다. 카미자르들은 한 사람씩 차례로 나와 그를 찔렀다. 맨 먼저 세귀에가 나섰다. "이건 수레바퀴에 깔려 죽은 우리 아버지 몫이다!" "이건 노예선에서 강제로 노를 젓고 있는 우리 형 몫이다!" "이건 그 빌어먹을 수도원에 갇혀 버린 우리 어머니, 우리 누이동생 몫이다!" 각자가 세일라를 찌르면서 그 이유를 댔다. 그런 다음 세일라의 시신 주위에 무릎을 꿇고 둘러앉아 동이 틀 때까지 찬송가를 불렀다. 날이 밝아오자 그들은 복수를 계속하기 위해 폐허로 변해버린 세일라의 저택 겸 감옥과 쉰두 번이나 칼에 찔린 그의 시신을 공공장소에 내버려 둔 채 계속 찬송가를 부르며 타른 강을 거슬러 프

당나귀와 함께한 세벤 여행

뤼제르 쪽으로 행진해갔다.

이것은 계속해서 찬송가가 울려 퍼진 가운데 한밤 중에 벌어진 잔혹한 사건이었다. 그 이후로 타른 강변의 이 마을에서 찬송가는 항상 위협적인 소리로 여겨진다. 그러나 퐁드몽베르에 관한 이야기는 카미자르들의 출정으로 끝나는 것이 아니다. 세귀에의 생애는 짧지만 피로 물들어 있었다. 라드베즈에서 두 명 이상의 사제와 가장부터 하인들에 이르는 한 가족 전부가 그의 손에 의해, 혹은 그의 지시로 살해되었다. 그러나 그가 자유로운 몸으로 돌아다닌 것은 겨우 한두 날 뿐, 그는 항상 군인들에게 쫓겨 다녔다. 그리고 마침내 유명한 용병대장 풀에게 붙잡혔을 때 그는 풀의 심문에 전혀 동요하지 않았다.

그들이 물었다.

"이름은?"

"피에르 세귀에."

"왜 스피리트라고 불리지?"

"하나님의 영혼이 나와 함께 하시니까."

"집이 어디인가?"

"최근에는 사막이었지만 이제는 하늘이 되겠지."

"그대가 저지른 죄를 참회하지 않는가?"

"나는 죄를 지은 적이 없다. 내 영혼은 쉼터와 샘으로 가득 찬 정원과도 같다."

8월 21일, 퐁드몽베르에서 그는 오른손이 잘린 채 화형을 당했다. 그의 영혼은 정원 같았다. 아마 기독교 순교자인 세일라의 영혼도 그랬을 것이다. 그리고 당신이 내 영혼을 읽을 수 있다면, 혹은 내가 당신의 영혼을 읽을 수 있다면, 우리의 영혼도 그렇게 평정해 보일 것이다.

세일라의 집은 지붕만 새로 얹었을 뿐 이 마을의 다리 옆에 그대로 남아 있다. 만일 당신이 호기심이 강한 사람이라면, 당신은 그가 떨어졌던 테라스 정원을 볼 수 있을 것이다.

타른 강 계곡에서

퐁드몽베르에서 플로락까지는 타른 강 계곡을 따라 새로운 길이 나 있었다. 이 부드러운 모래턱은 계곡의 바닥을 흐르는 강과 절벽 꼭대기 사이의 중간쯤에 이어져 있었다. 나는 이 길을 따라가면서 어둠의 만灣과 오후의 태양이 만들어내는 갑岬을 번갈아 들락거렸다. 이 산길은 킬리크랭키 산길[19]을 연상시켰다. 산에 깊게 파인 구불구불한 협곡, 저 아래에서 엄청난 굉음을 내며 흐르는 타른 강, 햇빛에 잠겨 있는 저 높은 곳의 험준한 바위투성이 산꼭대기. 물푸레나무들이 마치 폐허의 담쟁이덩굴처럼 산 정상을 얇은 띠 모양으로 둘러싸고 있었다. 낮은 쪽 비탈과 저 멀리 보이는 모든 협곡에는 땅에 단단히 뿌리를 박은 스페인산 밤나무들이 잎이 무성한 나뭇가지를 하늘을 향해 텐트처럼 펼치고 서 있었다. 어떤 밤

---

19) 스코틀랜드 중부에 있는 그램피언 산맥의 산길.

나무들은 화단보다 넓지 않은 계단 모양의 땅에 심겨 있었고, 또 어떤 밤나무들은 자신들의 뿌리에서 자라고 번성할 힘을 얻어 계곡의 가파른 비탈에서도 곧고 울창하게 서 있었다. 마치 레바논 삼나무처럼 강가의 땅에 강인하게 뿌리를 내려 일렬로 서 있는 밤나무들도 있었다. 그러나 이 나무들은 가장 울창하게 자라는 곳에서조차 나무보다는 건장한 사람들처럼 생각되었다. 그리고 그 나무들의 돔은 마치 그 자체가 작은 산이라도 되는 것처럼 다른 나무들의 돔들 사이에 따로 떨어져 있었다. 나무에서 풍기는 연하고 달콤한 향기가 오후의 대기 속으로 스며들었다. 가을이 초목의 초록색을 황금색으로 바꾸었다. 태양이 빛을 발하며 큰 밤나무 잎들을 환히 비추어주자 각각의 밤나무가 어둠 속에서가 아니라 빛 속에서 다른 것에 비해 더 또렷하게 윤곽을 드러냈다. 실력이 없는 사생 화가는 여기서 절망하여 연필을 내려놓고 말았을 것이다.

이 기품 있는 밤나무들의 성장에 관한 생각을, 즉 그들이 떡갈나무처럼 생긴 가지들을 어떻게 쭉 뻗는지, 버드나무처럼 축 늘어진 잔가지들을 어떻게 땅바닥까지 늘어뜨리는지, 교회의 기둥들처럼 세로로 홈이 파진 줄기들을 어떻게 곧게 세우고 있는지, 올리브나무처럼 산산조각이 난 줄기에서 어떻게 부드럽고 어린싹을 내보낼 수 있는지, 그리고 오래된 잔해에서 어떻게 새로운 삶을 시작할 수 있는지를 널리 전할 수 있으면 좋겠다. 이렇게 해서 이 밤나무들은 여러 다른 나무들의 본질을 소유하게 된다. 하늘을 배경으로 손에 닿을 듯 가까이 보이는 이 나무들의 가시로 덮인 꼭대기가 꼭 종려나무처럼 보여 나는 마음껏 상상력을 펼쳤다. 그러나 너무나 많은 요소가 혼합되어 있음에도 불구하고 이 나무들의 개별적 특성은 더 풍요롭고 독창적이다. 이처럼 나뭇잎의 둔덕으로 이루어진 산들을 내려다보고 있노라면, 혹은 정복당할 수 없는 오래된 밤나무들이 산의 돌출부에 "코끼리 떼처럼" 무리를 이루고 있는 모습을 보고 있노라면, 그 누구라도 자연이 품고 있는 힘에 관해 깊이 생각할 수밖에 없게 된다.

모데스틴은 굼벵이처럼 느릿느릿 걷고, 풍경은 아름답고…, 그 바람에 우리는 그날 오후 내내 거의 앞으로 나아가지 못했다. 마침내 찾아낸 해가 지려면 아직 멀긴 했지만 그래도 벌써 좁은 타른 강 계곡을 벗어나려 하고 있기에, 나는 야영할 만한 장소를 찾기 시작했다. 쉬운 일은 아니었다. 장소가 평평하면 너무 좁았고, 또 평평하지 않으면 대부분 한 사람이 몸을 눕히기에는 너무 경사가 심했다. 밤새 조금씩 미끄러지다가 내 발이나 내 머리가 강물에 잠긴 채 아침에 깨어나게 될지도 몰랐다.

1마일쯤 갔을까, 나는 길에서 60피트가량 떨어진 곳에서 내 짐을 놓기에 딱 적당하며 오래되고 거대한 밤나무 몸통이 일종의 흉벽처럼 받쳐주고 있어서 안전해 보이는 작은 땅을 발견했다. 나는 말을 잘 안 듣는 모데스틴을 몰이막대로 때리고 발로 차가며 서둘러 짐을 내렸다. 그 땅에는 오직 나만을 위한 공간밖에 없었으므로 나는 올라온 높이만큼이나 더 올라가서야 나귀가 있을 만한 공간을 찾아냈다. 그것은 구

당나귀와 함께한 세벤 여행

르던 돌들이 모여서 만들어진 인공적인 평지로, 사방 5피트가 채 되지 않았다. 여기서 모데스틴을 밤나무에 메어놓고 옥수수와 빵을 준 나는 그녀가 탐내는 밤나무 잎을 모아 더미를 만들어준 다음 나 자신의 야영지로 다시 내려왔다.

다시 보니 야영지는 불쾌할 정도로 시야에 노출되어 있었다. 한두 대의 수레가 길을 오가고 있었기에, 햇빛이 아직 남아 있는 동안 나는 쫓기는 카미자르처럼 거대한 밤나무 몸통을 요새 삼아 뒤로 몸을 숨겼다. 혹시라도 익살맞은 사람들이 나를 발견하고 한밤중에 느닷없이 찾아올까 봐 몹시 두려워서였다. 게다가 나는 아침 일찍 일어나야만 한다. 이 밤나무숲은 과거보다 발전했다고 말할 수 없는 산업의 현장이었기 때문이다. 비탈길에는 잘라낸 밤나무 가지들이 흩뿌려져 있었고, 여기저기 밤나무 몸통에는 밤나무 잎을 넣은 부대가 기대어 세워져 있었다. 잎도 쓸모가 있었고, 농부들은 그것을 겨울에 동물들의 사료로 썼다. 나는 길에서 보이지 않도록 반쯤 누운 채 두려움에 떨며 겨우 식사를 했다. 감히 말하자면 나는 저 높은 로제르 산 위의 조아니 무리나 그 옛날 찬송가를 부르며 타른 강을 건너와 유혈사태를 일으킨 살로몽의 무리가 파견한 척후병인 양 몹시 불안해하고 있었다. 아니, 어쩌면 그 이상이었는지도 모른다. 카미자르들은 신에 대한 독실한 믿음을 가지고 있었다. 한 가지 이야기가 기억 속에서 떠올랐다. 제보당 백작이 이 지역의 모든 마을 사람에게 신앙의 서약을 받아내기 위해 공증인과 용기병들과 함께 말을 타고 가다가 숲속 계곡에 들어섰다. 그리고 그는 여기서 회양목 꽃 화관으로 장식한 모자를 쓴 카발리에와 그의 무리가 풀밭에 앉아 즐겁게 식사하고, 열대여섯 명의 여자들이 강가에서 빨래하는 모습을 보게 되었다. 그런 것이 1703년의 야외 축제였다. 그때 앙투안 와토[20]는 비슷한 풍의 그림을 그렸을 것이다.

시원하고 조용했던 지난 밤 소나무 숲에서의 야영

20) 1684~1721, 프랑스의 화가.

과 이곳에서의 야영은 매우 달랐다. 계곡에서는 숨이 막힐 정도로 더웠다. 속에 콩이 한 알 들어 있는 호루라기의 트레몰로 음색 같은 날카로운 개구리 울음소리가 해가 떨어지기 전부터 강가에서 들려왔다. 점점 더 짙어지는 어둠 속에서 낙엽이 이리저리 쓸려 다니며 희미하게 바스락거리는 소리가 들리기 시작했다. 쩍쩍거리는 소리인지 아니면 재잘거리는 소리인지도 이따금 내 귀에 들려왔다. 그리고 나는 밤나무 사이에서 뭔가 형태가 불분명한 것이 빠르게 움직이는 것을 본 것 같기도 했다. 엄청나게 많은 큰 개미들이 땅위로 무리를 지어 다녔고, 박쥐들은 옆으로 휙휙 날아다녔으며, 모기들은 머리 위에서 윙윙거렸다. 잎이 무성하게 달린 긴 나뭇가지들이 화환처럼 하늘을 배경으로 매달려 있었다. 내 머리 바로 위와 주변에는 강풍에 부서지고 반쯤 넘어진 나무들이 있었다.

잠이 눈꺼풀에서 도망치더니 오랫동안 돌아오지 않았다. 그러나 마침내 잠이 내 몸 위에서 조용히 날아다니더니 내 뇌 속에 무겁게 자리 잡는다고 느끼는 바로 그 순간, 머리맡에서 무슨 소리가 나면서 나는 다시 잠에서 깨고 말았다. 솔직히 말하자면, 너무 무서워서 기절할 뻔했다.

그것은 꼭 누가 손톱으로 뭔가를 박박 긁을 때 나는 소리 같았다. 그 소리는 내가 베개로 쓰는 배낭 밑에서 들려왔다. 내가 일어나 돌아볼 때까지 그 소리가 세 번이나 되풀이되었다. 아무것도 보이지 않고, 다른 소리는 더이상 들리지 않았다. 오직 그 정체불명의 바스락거리는 소리만 가까이서 멀리서 들려왔고, 강물 흐르는 소리와 개구리 우는 소리가 그 소리에 계속해서 박자를 맞추었다. 다음 날 아침, 나는 밤나무 숲에 쥐들이 바글바글하다는 사실을 알게 되었다. 바로 이 쥐들이 밤새도록 바스락거리고 찍찍거리고 뭔가를 긁어댄 것이었다. 하지만 그 순간에는 수수께끼가 풀리지 않았으므로, 나는 주변에 도대체 뭐가 있는 것인지 궁금해하면서 최선을 다해 잠을 이루려고 애써야만 했다.

나는 멀지 않은 곳에서 돌을 밟는 발소리를 들으

며 회색빛 아침 속에서 깨어났다(9월 30일, 월요일). 눈을 뜨자 농부 한 사람이 내가 그때까지는 보지 못했던 오솔길을 따라 밤나무 사이로 지나가는 것이 보였다. 그는 좌우로 고개 한 번 안 돌리고 앞만 바라보며 걸어서 몇 걸음 만에 나뭇잎 사이로 사라져버렸다. 이곳을 빠져나가야 한다! 하지만 움직여야 할 시간이 이미 지나버렸다. 농부들이 다들 집 밖에 나와 있었다. 뭐라 표현하기 힘든 상황에 있던 나는 용병 대장 풀의 부하들이 의연한 카미자르에게 느끼던 것보다 결코 덜 하지 않은 두려움을 그들에게 느꼈다. 나는 최대한 서둘러 모데스틴을 먹였다. 그러나 나는 내 침낭이 있는 곳으로 돌아가다가 한 남자와 소년이 내가 갈 길을 가로지르는 방향에서 언덕을 걸어 내려오는 것을 보았다. 그들이 내게 뭐라고 소리쳤다. 나도 대충 즐거운 목소리로 대답하면서 서둘러 각반을 찼다.

부자지간으로 보이는 두 사람은 천천히 내가 있는 곳까지 걸어오더니 내 옆에 서서 잠시 아무 말 없이 나를 바라보았다. 침낭이 열려 있었다. 나는 권총이 푸른색 담요 위에 노골적으로 놓여 있는 걸 유감스러운 심정으로 바라보았다. 마침내 그들이 나를 위아래로 훑어보고 나서 침묵이 우스꽝스러울 정도로 어색해지자 남자가 불친절하게 느껴지는 말투로 물었다.

"여기서 잤어요?"

"예, 보시다시피…."

"왜요?"

나는 대수롭지 않게 대답했다.

"너무 피곤해서요."

그러자 남자는 내게 어디로 가는 길인지, 저녁식사로 뭘 먹었는지 묻고는 여전히 같은 어조로 "잘 됐군요"라고 말하더니 덧붙였다. "자, 가자." 그리고 그와 그의 아들은 더이상 아무 말 하지 않고 옆에 있는 밤나무 쪽으로 몸을 돌리더니 가지를 잘라내기 시작했다. 상황은 내가 생각했던 것보다 더 간단하게 해결되었다. 그는 진지하고 점잖은 사람이었다. 그의 불친절한 목소리는 범죄자에게 말을 하고 있다고 생각

당나귀와 함께한 세벤 여행

했다기 보다는 그냥 손아랫사람을 대하는 듯했다.

나는 곧 길을 떠나 초콜릿 케이크를 야금야금 먹으면서 양심의 문제에 대해 진지하게 생각했다. 과연 지난 밤 숙소에 숙박비를 내야 했는가? 불편해서 잠을 제대로 자지 못했고, 침대에는 개미처럼 생긴 벼룩들이 득실득실했으며, 방에는 물도 없었다. 게다가 새벽은 아침에 나를 깨우는 일도 등한시했다. 혹시라도 인근에서 기차를 타야 했더라면 틀림없이 놓쳤을 것이다. 내가 만족스럽지 못한 접대를 받은 건 분명한 사실이었다. 그래서 나는 거지를 만나지 않는 한 돈을 내지 말아야 한다고 결정했다.

계곡은 아침이 되자 더욱 쾌적하게 느껴졌다. 길은 얼마 지나지 않아 강 근처까지 내려갔다. 이곳, 여러 그루의 곧고 울창한 밤나무들이 무리를 이루어 잔디로 뒤덮인 평지에 길을 낸 곳에서 나는 타른 강물에 아침 세수를 했다. 강물은 감탄사가 절로 흘러나올 만큼 맑았고 오싹할 정도로 차가웠다. 비누 거품은 마치 마술이라도 부린 듯 강물의 빠른 흐름 속에서 사라졌고, 흰 바위는 깨끗함의 본보기를 보여주었다.
야외에 나와 신의 강들 가운데 하나에서 얼굴을 씻는
다는 건 일종의 즐거운 의식인 것 같기도 하고 아니
면 반쯤 이교도적인 숭배행위 같기도 했다. 침실에서
큰 대야에 물을 받아놓고 몸을 씻을 수도 있을 것이
다. 하지만 이런 식의 세정洗淨에는 상상력을 발휘할
여지가 없다. 나는 걸음에 맞추어 마음속으로 찬송가
를 부르며 가볍고 평화로운 마음으로 계속 길을 갔다.

그런데 느닷없이 한 나이든 여자가 나타나더니 대
뜸 동냥을 청하는 것이었다.

나는 생각했다.

'좋아. 웨이터가 계산서를 들고 나타났군.'

그래서 나는 그 자리에서 지난밤 숙박비를 냈다.
독자 여러분이 어떻게 받아들이든, 그녀는 내가 여행
중 처음이자 마지막으로 만난 걸인이었다.

한두 걸음쯤 더 갔을 때 나는 갈색 나이트캡을 쓰
고 눈이 맑으며 얼굴이 햇볕에 그을렸고 살짝 흥분된
미소를 짓고 있는 노인을 만났다. 어린 소녀가 양 두

마리와 염소 한 마리를 몰고 그의 뒤를 따라왔다. 노인이 내 옆에서 걸으며 아침과 계곡에 관해 이야기하는 동안에도 소녀는 계속 우리 뒤를 따라오기만 했다. 이제 막 여섯 시가 지난 시각이었다. 충분하게 잔 건강한 사람들에게 이 시간은 확장의 시간인 동시에 개방적이고 신뢰할 만한 대화의 시간이다.

노인이 마침내 말했다.

"그분을 아십니까?"

나는 그분이 누구를 말하는 거냐고 물었다. 하지만 그는 눈에 희망과 호기심을 가득 담은 채 좀 더 강한 어조로 같은 질문을 되풀이할 뿐이었다.

나는 손으로 위를 가리키며 말했다.

"아, 무슨 말씀인지 알겠습니다. 예, 전 그분을 알고 있습니다. 그분은 제가 알고 있는 분들 가운데 최고의 분이지요."

노인은 기쁘다고 말하더니 가슴을 두드려가며 덧붙였다.

"그 말을 들으니 여기가 행복해집니다."

그는 이 계곡에는 하나님을 아는 사람이 몇 명 안된다고, 많지는 않지만 그래도 몇 명은 있다고 말하고 나서 성경을 인용했다.

"많은 사람이 부름을 받지만 몇 명만 선택되지요."

내가 말했다.

"어르신, 누가 하나님을 알고 있는지를 말한다는 건 쉬운 일이 아닙니다. 그리고 그건 우리가 할 일이 아닙니다. 프로테스탄트든 가톨릭이든, 그리고 심지어는 돌을 숭배하는 사람이라 할지라도 그분을 알 수 있고, 그분에 의해 알려질 수도 있을 겁니다. 왜냐면 그분이 모든 것을 만드셨으니까요."

나는 내가 이렇게 훌륭한 전도사인 줄은 미처 몰랐다.

노인은 자기도 나처럼 생각한다며 나를 만나게 되어 기쁘다는 말을 되풀이했다. 그가 말했다. "우리는 숫자가 정말 몇 명 안됩니다. 여기 사람들은 우리를 모라비안[21])이라고 부르지요. 하지만 저 아래 가르 지방에도 우리 같은 사람들이 여럿 사는데, 거기서는

당나귀와 함께한 세벤 여행

그들을 영국인 목사의 이름을 따서 더비스트라고 부른답니다."

나는 어떻게 해서 그렇게 되었는지는 모르겠으나 그가 나를 내가 잘 모르는 종파의 일원으로 생각하고 있다는 사실을 깨닫기 시작했다. 그러나 나는 나의 어정쩡한 위치 때문에 당황했다기보다는 오히려 내 동반자가 즐거워해서 더 좋았다. 사실 나는 내가 그와 다른 점을 솔직히 털어놓지 않았다고 해서 그것이 정직하지 못한 행동이라고는 생각하지 않는다. 누구라도 틀릴 수 있고, 우리 자신이 완벽하게 옳지도 않다는 충분한 확신을 우리가 가지고 있는 이런 초월적 문제에서는 특히 그렇다. 사람들은 진리에 대해 자주 이야기한다. 그러나 갈색 나이트캡을 쓴 이 노인은 너무나 단순하고 상냥하고 친절해서 나는 기꺼이 그에게 개종을 권유하고 싶었다. 사실 그는 플리머스 형제 교단[22]에 소속되어 있었다. 나는 이 교단이 어

---

21) 18세기에 모라비아에서 설립된 프로테스탄트 교파의 신봉자들.

떤 교리를 가졌는지 전혀 아는 게 없었고 알아볼 시간적 여유도 없었다. 그러나 나는 우리 모두가 같은 아버지의 자식들로서 이 힘든 세상에 태어나 여러 가지 근본적인 점에서 똑같이 행하고 똑같은 사람이 되려고 애쓴다는 것을 잘 알고 있었다. 설사 그 노인이 내 손을 여러 번 잡고 내가 하는 말을 받아들일 준비가 되어 있다고 생각한 것이 내 착각에서 비롯되었다 할지라도, 그것은 진리를 찾는 과정에서 생길 수 있는 착각이었다. 왜냐면 자비는 눈이 가려진 상태에서 시작되기 때문이다. 오직 일련의 유사한 착각에 의해서만 사랑과 인내의 원칙이 세워지고, 우리 같은 인간들에 대한 확고한 믿음을 가질 수 있는 것이다. 만일 내가 이 선한 노인을 속인 것이라면 나는 다른 사람들도 기꺼이 같은 식으로 속일 것이다. 만일 우리가 결국 우리의 분리된 슬픈 길에서 벗어나 하나의 공동체에 함께 모인다면 산속에 사는 나의 플리머스

---

22) 영국의 플리머스에서 일어난 프로테스탄트 운동.

당나귀와 함께한 세벤 여행

형제도 서둘러 나와 다시 악수하게 되기를 나는 간절히 바라고 있다.

이렇게 기독교인과 종교인처럼 이야기를 나누며 길을 가다가 우리 두 사람은 타른 강 근처의 마을로 내려가게 되었다. 그곳은 집이 열두 가구가 채 안 되고 언덕에 프로테스탄트 예배당이 있는 라베르네드라는 작은 마을이었다. 노인은 이 마을에 살고 있었다. 나는 이곳 여관에서 아침식사를 주문했다. 길에서 돌을 깨는 일을 하는 호감이 가는 청년과 예쁘고 매력적인 그의 여동생이 이 여관을 지키고 있었다. 마을의 학교선생님이 낯선 방문객과 이야기를 나누려고 여관에 들렀다. 이들 모두가 프로테스탄트였고, 이 같은 사실은 내가 기대했던 것보다 더 나를 기쁘게 했다. 그리고 그것보다 더 나를 기쁘게 만든 것은 그들이 다들 올바르고 소박한 사람들처럼 보였다는 사실이었다. 플리머스 형제는 일종의 동경에 가까운 관심을 보이며 내 주변을 배회했고, 내가 식사를 제대로 했는지를 세 번이나 와서 확인했다. 그의 이 같은 행동은 내게 깊은 감동을 주었다. 지금도 그때를 생각하면 가슴이 뭉클해진다. 그는 한편으로는 내게 방해가 될까 봐 걱정하면서도 또 한편으로는 나와 교제하는 시간을 한순간도 놓치지 않으려고 했다. 그는 나와 악수를 하는 것에 절대 싫증을 낼 것 같지 않아 보였다.

휴식이 끝나고 그들이 그날의 일을 시작하자 나는 자리에 앉아 30분 동안 이 여관의 어린 여주인과 대화를 나누었다. 그녀는 밤을 수확하다 생긴 흉터와 타른 강의 아름다움, 젊은이들이 집을 떠나면서 약해지지만 그래도 여전히 유지되는 오래된 가족 간의 애착에 관해 즐겁게 이야기했다. 확신컨대, 그녀는 시골사람들의 솔직함과 그 이면에 깊은 섬세함을 갖춘 상냥한 성품의 소유자였다. 그러니 그녀를 마음에 두는 남자는 분명 운이 좋은 사람일 것이다.

라베르네드 아래쪽 계곡을 걸어 내려갈수록 나는 마음이 한층 더 즐거워졌다. 무너져 내리고 있는 헐벗은 산들이 양쪽에서 가까워지면서 강을 절벽 사이에 가두었고, 그러다 계곡이 넓어지면서 목초지처럼 푸르러졌다. 길은 가파른 낭떠러지 위에 서 있는 미랄 고성을 지나고 너무 낡아서 오래전에 교회와 목사관으로 바뀐 수도원을 지나 검은색 지붕이 다닥다닥 붙어 있는 코퀴르 마을에 도착했다. 포도밭과 목초지, 빨간 사과가 주렁주렁 열린 과수원 사이에 자리 잡은 이 마을에서 사람들은 길가에 서 있는 호두나무에서 호두를 털어내어 자루와 바구니에 담고 있었다. 계곡이 넓게 열리긴 했으나 산들은 험준한 흙벽과 여기저기 뾰족한 봉우리들로 인해 높고 헐벗어 보였다. 타른 강은 여전히 산의 소음을 내며 돌 사이를 흐르고 있었다. 나는 과장이 심한 어느 부랑자의 말을 듣고 이곳이 정말 살기 힘든 지역일 것으로 생각했다. 하지만 스코틀랜드 출신인 내 눈에 이곳은 청명하고 풍요로워 보였다. 가을이 되면서 밤나무에서 잎사귀가 떨어져 나가고, 밤나무와 뒤섞이기 시작한 포플러 나무가 겨울이 다가오면서 연한 금빛으로 변해가고 있음에도 불구하고, 스코틀랜드에서 온 내게는 이곳의 날씨가 여전히 한여름처럼 느껴졌다.

이곳의 풍경에서는 거칠지만 즐거운 분위기가 감돌았다. 나는 이런 분위기만으로도 프랑스 남부 국민계약동맹자(1638년 찰스 1세의 영국 국교 강압에 맞서 장로파 교회를 지키기 위해 맺어진 동맹─옮긴이)들의 정신을 잘느낄 수 있었다. 스코틀랜드에서 양심 때문에 산으로들어간 사람들은 다들 우울하고 괴로운 생각을 가졌다. 왜냐면 그들은 신으로부터 한 번 위로를 받는 동안 악마의 유혹은 두 번 받을 수 있는 사람들이었기때문이다. 그러나 카미자르들은 밝고 극복의 비전만을 가졌다. 그들은 승리자로도 패배자로도 손에 많은피를 묻히고 살았다. 하지만 나는 그들의 기록에서그들이 악마에 사로잡혔다는 내용은 단 한 줄도 찾지못했다. 그들은 이 거친 시대와 환경 속에서 평온한양심으로 그들의 삶을 살아낸 것이다. 우리는 세귀에의 영혼이 정원 같았다는 사실을 잊지 말아야 한다.그들은 자신들이 스코틀랜드 사람들은 알지 못하는지식을 가지고 신의 편에 서 있다는 것을 알았다. 스코틀랜드인들의 경우, 그들이 명분에 대해서는 확신했다 할지라도 사람에 대해서는 결코 확신을 가질 수 없었던 것이다.

"우리는 날아다녔어요." 한 나이든 카미자르가 말했다. "찬송가 소리를 듣고 날개라도 달린 것처럼 훨훨 날아다녔지요. 우리는 우리 안에서 우리를 고양하는 욕망과 함께 불타오르는 열망을 느낀 겁니다. 그 느낌은 말로 표현할 수가 없어요. 직접 경험해봐야만 이해할 수 있는 거예요. 아무리 힘들어도 찬송가가 우리 귀에 들려오는 순간 우리는 더이상 힘들지 않았고 몸도 가벼웠지요."

타른 강 계곡과 내가 라베르네드에서 만난 사람들의 이야기를 통해 나는 그들이 살아온 길뿐만 아니라, 한때 전쟁을 했을 때는 너무나 모질고 잔혹했던 그들이 어린아이들의 온순함과 성인들이나 농부들의 인내심으로 견뎌온 20년간의 고통도 이해할 수 있다.

플로락

　타른 강의 지류에 자리 잡은 플로락은 군청 소재지
로, 그곳에는 고성과 플라타너스 길, 많은 예스러운
길모퉁이, 그리고 산에서 흘러내리는 맑은 물이 솟아
나는 분수가 있다. 이 도시는 아리따운 여인들 말고
도 알레스와 함께 카미자르 지역의 두 중심지 중 하
나로도 유명하다.

　식사가 끝나자 여관주인은 나를 바로 옆에 있는 카
페로 데려갔고, 거기서 나는, 아니 내 여행은 그날 오
후의 이야깃거리가 되었다. 모든 사람이 내 여행에
도움이 될 만한 말을 한마디씩 했고, 커피잔과 술잔
을 든 사람들이 누군가가 군청에서 가져온 그 지역의
지도에 저마다의 손자국을 남겼다. 이 친절한 조언자
들 대부분은 프로테스탄트였다. 하지만 나는 프로테
스탄트들과 가톨릭교도들이 매우 원만한 관계를 유
지하고 있다는 사실을 알아차렸다. 종교전쟁에 대한
기억이 아직도 생생하게 남아 있다는 것 역시 내게

놀라움을 불러일으켰다.

스코틀랜드 남서부의 산악지대에 있는 마우클라인
이나 컴녹, 카스펀 같은 도시의 외딴 농가나 목사 사
택에서는 진지한 장로교도들이 잔혹하게 핍박받던
시절을 지금도 회상하고 있으며, 이 지역 순교자들의
무덤은 여전히 경건하게 숭배되고 있다. 그러나 도시
와 소위 말하는 상류층에서는 이 오래전의 행위가 지
루하고 재미없는 이야기가 된 것 같다. 만약에 윅튼
이라는 도시의 킹즈 암즈 술집에서 여러 부류의 사
람들로 이루어진 모임에 참석하게 되면 화제가 꼭 종
교개혁당원 쪽으로만 흘러가지는 않을 것이다. 아니,
나는 글렌루스 마을의 멀커크 교구에서 한 교구 직
원의 아내가 예언자 피덴에 대해 한 번도 들어본 적
없다고 말하는 것을 들었다. 그러나 이 세벤 지방 사
람들은 또 다른 의미에서 그들의 조상들을 자랑스럽
게 생각한다. 전쟁은 그들이 좋아하는 이야깃거리였
다. 전쟁에서의 위업이야말로 그들이 고귀하다는 것
을 입증하는 특허증이라도 되는 듯했다. 어떤 사람이

나 가족이 한 가지 모험을, 특히 영웅적인 모험을 벌이게 되면 그것에 대해 장황하게 떠드는 것은 너무나 당연한 일이고, 우리는 그걸 이해해야 한다. 그들은 이 지역에 아직 수집되지 않은 전설들이 많다고 했다. 나는 그들로부터 카발리에의 후손들(직계 후손이 아니라 사촌이나 조카들)이 어린 장군들이 무훈을 세웠던 바로 그 현장에서 여전히 잘 살고 있다는 얘기를 들었다. 19세기 말의 어느 날 오후에 어느 농부는 조상들이 전투를 벌였고 지금은 그 증손들이 평화롭게 도랑을 파고 있는 들판에서 땅을 파다 옛 전투원의 해골을 보기도 했다.

그날 오후 늦게 프로테스탄트 목사 한 사람이 친절하게도 나를 찾아왔다. 나는 한두 시간 동안 젊고 지적이며 정중한 이 목사와 이야기를 나누었다. 그가 내게 말하기를, 플로락 주민들의 일부는 가톨릭교도이고 일부는 프로테스탄트인데 그들의 종교적 차이는 정치적 차이까지 더해져 통상 두 배가 된다고 한다. 독자 여러분은 내가 얼마나 놀랐을지 눈치챘

당나귀와 함께한 세벤 여행

을 것이다. 나는 사람들이 서로에게 쉴새 없이 독설
을 퍼부어대는 폴란드 같은 나라에서 왔다. 꼭 르 모
나스티에처럼 말이다. 그런 내가 주민들이 너무나 평
화로운 관계를 유지하며 함께 살아가고, 심지어는 이
중으로 나뉘어진 가정들이 서로를 환대한다는 사실
을 알게 되었으니 말이다. 흑인 카미자르와 백인 카
미자르, 민병대원, 산적과 기마병, 프로테스탄트 예
언자, 백십자단의 가톨릭 사관후보생은 모두 칼을 휘
두르고 총을 쏘고 불태우고 약탈하고 죽이면서 그들
의 마음을 분노의 열정으로 뜨겁게 달구었다. 그리고
170년이 지난 지금, 여기서는 프로테스탄트는 여전히
프로테스탄트이고 가톨릭은 여전히 가톨릭이지만, 서
로 관용하면서 화목하고 우호적인 삶을 살고 있다. 인
간이라는 종족은, 그것을 탄생시킨 불굴의 자연처럼,
그 자체의 치유력을 가지고 있다. 해와 계절들이 지나
면서 다양한 수확을 하고, 비가 내리고 나면 다시 태
양이 뜨고, 한 개인이 하루의 열정에서 깨어나듯 인류
도 결국은 세속적인 적대감을 극복하고 살아가게 되

는 것이다. 우리는 보다 신성한 입장에서 우리 조상들을 판단한다. 수 세기가 지나면서 먼지가 약간 흩어진다 해도 우리는 양쪽 모두가 인간의 미덕으로 장식하고 이성으로 가장한 채 싸우는 것을 볼 수 있다.

나는 공정해진다는 것이 쉬운 일이라고 생각해본 적이 없다. 하루하루 공정함을 유지한다는 것은 생각보다 힘든 것이다. 나는 이 프로테스탄트들을 만나자 마치 고향에라도 온 듯 기뻤다는 사실을 인정한다. 나는 단순히 프랑스어와 영어를 구분 짓는 것보다 단어가 주는 더 심오하고 다른 의미에서 그들의 언어를 말하는 데 익숙해졌다. 왜냐면 진정한 바벨탑의 의미는 곧 도덕의 일탈이기 때문이다. 그리하여 나는 가톨릭교도보다는 프로테스탄트와 더 자유롭게 소통할 수 있고, 또한 더 공정하게 그들을 판단할 수 있었다. 아폴리나리 신부는 내가 산속에서 만난 플리머스 형제와 함께 매우 정직하고 독실한 노인들로 짝을 이룰 수 있을 것이다. 그렇지만 나는 트라피스트 수도회의 미덕을 느낄 준비가 되어 있는지, 그게 아니고 만

당나귀와 함께한 세벤 여행

일 내가 가톨릭교도라면 라베르네드의 비국교도(프로테스탄트)를 그렇게 따뜻하게 맞이할 수 있을지, 나 자신에게 묻는다. 앞에서 말한 트라피스트 교단 수도사들과는 단지 서로 자제하는 관계일 뿐이었다. 하지만 다른 경우에는 비록 오해에서 비롯되고 선택된 몇 가지 점에만 국한된다고 할지라도 몇 가지 솔직한 생각을 서로 나누며 대화하는 것이 여전히 가능했다. 이 불완전한 세계에서 우리는 비록 제한적인 친교라도 기쁜 마음으로 환영하는 것이다. 만약에 우리가 마음에서 우러나는 이야기를 자유롭게 할 수 있으며 숨기는 것 없이 사랑과 소박함으로 함께 걸을 수 있는 사람을 단 한 명이라도 발견할 수 있다면, 우리는 세상이나 하나님과 불화할 아무 이유가 없다.

미망트 계곡에서

10월 1일 화요일 오후, 피곤한 당나귀와 이 당나

귀를 모는 피곤한 몰이꾼은 플로락을 떠났다. 타르농 강을 조금 더 거슬러 올라가면 나타나는 지붕 덮인 나무다리를 건너 우리는 미망트 계곡으로 들어섰다. 그곳에는 붉은색 바위투성이의 가파른 산들이 돌출되어 있었고, 아름드리 참나무와 밤나무들이 경사지와 돌투성이 산비탈에서 자라고 있었다. 붉은 수수밭이나 빨간 사과가 열린 사과나무 몇 그루도 여기저기 눈에 띄었다. 길은 어두컴컴한 두 개의 마을을 힘들게 지나갔다. 그중 한 마을의 높은 곳에는 오래된 성이 있어서 여행자의 마음을 즐겁게 해주었다.

여기서 다시 야영하기에 적당한 장소를 찾는 것은 쉬운 일이 아니었다. 참나무와 밤나무 아래의 땅은 경사가 무척 심했을 뿐만 아니라 돌들이 여기저기로 굴러다니고 있었다. 나무가 자라지 않는 곳에서는 산이 헤더가 무성하게 자라는 붉은색 절벽을 이루어 강 쪽으로 흘러내리고 있었다. 태양은 내 앞에 보이는 높은 산봉우리들을 떠났다. 내가 강을 따라 구불구불 이어지는 길 아래쪽에 활 모양으로 펼쳐진 목초지를

당나귀와 함께한 세벤 여행

살펴보고 있는 동안 계곡에는 소 떼를 외양간으로 데려가는 목동의 뿔피리 소리가 가득했다. 그쪽으로 내려간 나는 모데스틴을 잠시 나무에 메어놓은 다음 인근을 살펴보았다. 회색이 감도는 진주빛 저녁 그림자가 협곡을 가득 채우고 있었다. 조금 멀리 떨어진 곳에 있는 사물들이 점점 더 흐릿해지더니 결국은 더이상 구분이 안 될 정도로 완전히 서로 뒤섞여버렸다. 어둠이 계속 깊어지며 안개처럼 주변을 뒤덮었다. 강가 끄트머리의 풀밭에 서 있는 아름드리 떡갈나무 쪽으로 다가가는데, 유감스럽게도 아이들의 목소리가 들려옴과 동시에 건너편 강둑 모퉁이에 서 있는 집한 채가 눈에 들어왔다. 순간 나는 짐을 꾸려서 그곳을 떠날까 생각했다. 하지만 날이 이미 어두웠기에 포기할 수밖에 없었다. 나는 어둠이 완전히 내릴 때까지 아무 소리도 안 내고 가만히 있어야만 했고, 이른 아침에 새벽이 나를 깨워줄 것을 믿는 것밖에 다른 도리가 없었다. 그런 훌륭한 호텔에서 이웃들의 방해를 받게 된 것이 정말 아쉬웠다.

떡갈나무 아래 움푹 팬 곳이 내 침대가 되었다. 모데스틴을 먹이고 짐을 풀기도 전에 세 개의 별이 밝게 빛나고 있었으며, 다른 별들도 희미하게 모습을 나타내기 시작했다. 나는 물통에 물을 받기 위해 바위 사이에 있어서인지 더욱 검게 보이는 강으로 미끄러지듯 걸어 내려갔다. 그리고 꽤 가까이 있는 집에 랜턴 불빛이 비치지 않도록 조심하면서 어둠 속에서 저녁식사를 맛있게 했다. 오후 내내 산꼭대기에 희미하게 떠 있던 핼쑥한 초승달은 내가 누워 있는 협곡 안쪽으로는 단 한 줄기의 빛도 비춰주지 않았다. 떡갈나무는 꼭 어둠의 기둥처럼 내 앞에 버티고 서 있었다. 그리고 내 머리 위로는, 보는 사람을 기분 좋게 하는 별들이 밤의 얼굴에 매달려 있었다. 어떤 프랑스 사람이 유쾌하게 표현한 것처럼 '아름다운 별'에서 잠을 자보지 못한 사람은 별에 대해 아무것도 모른다. 물론 이런 사람은 별의 이름이라든가 거리, 크기는 알고 있을지 모른다. 하지만 별이 인간의 마음에 미치는 고요하고 즐거운 영향 같은, 오직 인간과

만 관련된 것에 대해서는 알지 못할 것이다. 시의 대부분은 별에 관한 것이고, 이 말은 타당하다. 왜냐면 별이야말로 가장 고전적인 시인이기 때문이다. 롤랑이나 카발리에 역시 나처럼 이렇게 하늘에서 마치 촛대처럼 빛나고 다이아몬드 가루처럼 뒤섞여 있는 이 멀고 먼 세계를 올려다보며 "하늘 말고 다른 텐트는 없고, 내 어머니 대지 말고 다른 침대는 없네"라고 말했으리라.

밤새도록 계곡에 세찬 바람이 불어 떡갈나무에서 도토리들이 내 위로 후드득 떨어졌다. 하지만 10월 첫날 밤이었는데도 공기는 5월처럼 푸근해서 나는 덮고 있던 모피를 차 버리고 잠을 잤다.

내가 늑대보다 더 무서워하는 동물인 개가 짖는 소리가 들려오자 나는 마음이 불안해졌다. 개라는 동물은 정말 용감한 데다가 의무감으로 철저히 무장하고 있다. 만일 당신이 늑대를 죽이면 격려와 칭송을 받을 것이다. 반대로 개를 죽이면 그 개의 주인은 가족들의 슬픔과 신성하고 성스러운 재산권을 내세우며

당신에게 소리높여 배상을 요구할 것이다. 온종일 걷
느라 지친 나로서는 개의 날카롭고 잔인한 울음소리
를 듣는 것만으로도 정말 짜증이 난다. 나 같은 여행
자에게 개는 가장 적대적인 형태를 띠고 있는 안락한
정주定住 세계를 의미한다. 이 매력적인 동물에게서
는 성직자나 법률가의 느낌이 난다. 만일 개가 돌을
두려워하지 않는다면, 아무리 용감한 여행자라도 여
행을 계속해야 할지 망설일 수밖에 없다. 나는 집 안
에 있는 개는 존중하지만 공공도로를 걷거나 야외에
서 잘 때 만나는 개는 혐오스럽고 두렵게 느껴진다.

다음 날 아침(10월 2일, 수요일), 나는 그 개가 큰 소
리로 짖으며 강둑을 달려 내려오는 바람에 잠에서 깨
어났다. 개는 내가 몸을 일으키는 것을 보자 재빠르
게 몸을 돌려 도망쳤다. 별들은 아직 완전히 사라지
지 않았고, 하늘은 이른 아침의 매혹적이고 포근한
회청색을 띠고 있었다. 맑은 빛이 비치기 시작하자
산비탈의 나무들이 하늘을 배경으로 또렷하게 윤곽
을 드러냈다. 바람은 좀 더 북쪽으로 방향을 바꾸어

서 협곡 안에 있는 내게는 다가오지 않았다. 그러나 내가 떠날 준비를 하는 동안 바람은 하얀 구름을 순식간에 산꼭대기로 몰고 갔다. 하늘을 올려다보던 나는 구름이 금빛으로 물들어 있는 것을 보고 깜짝 놀랐다. 이 고산지대에서는 태양이 이미 마치 한낮처럼 눈부시게 빛나고 있었다. 만약 구름이 아주 높은 곳만 떠다닌다면 우리는 밤새도록 같은 것을 봐야 할 것이다. 왜냐면 우주 공간은 언제나 낮이기 때문이다.

계곡을 올라가기 시작하자 동쪽에서 불기 시작한 한 줄기 찬바람이 계곡을 덮쳤다. 그동안 내 머리 위의 구름은 계속해서 거의 반대 방향으로 흘러갔다. 몇 걸음을 더 걸어가서는 산비탈 전체가 금빛으로 빛나는 것을 볼 수 있었다. 조금 더 위쪽에서는 눈부시게 빛나는 빛의 원반이 두 산봉우리 사이의 하늘에 걸려 있었다. 그리하여 나는 우리 우주의 중심을 차지하고 있는 큰 불덩어리를 마주하게 되었다.

그날 오전에 내가 만난 사람은 딱 한 명, 꼭 군인처럼 보이는 어두운 표정의 이 여행자는 사냥 망대를 매단 요대를 차고 있었다. 그러나 그는 이 책에 기록해둘 만한 말을 했다. 나는 그에게 가톨릭교도인지 프로테스탄트인지 물었고, 그는 이렇게 대답했다.

"오, 나는 내 종교에 대해 전혀 부끄럽게 생각하지 않습니다. 난 가톨릭교도예요."

자신의 종교에 대해 조금도 부끄러워하지 않는다! 이것은 하등 이상할 게 없는 말이다. 흔히 소수에 속하는 사람들이 이렇게 말하기 때문이다. 나는 바빌과 그의 기병들에 대해 생각하며 미소를 지었다. 또 어떤 종교를 1세기 동안이나 거친 말발굽으로 짓밟아도 그 종교에 대한 믿음은 이 같은 시련을 겪으면서 더욱더 강해질 수 있다는 생각도 했다. 아일랜드는 여전히 가톨릭이고, 세벤 지방은 여전히 프로테스탄트다. 쟁기질하는 사람으로 하여금 생각을 조금이라도 바꾸게 하는 것은 한 무더기의 서류도 아니고 기병대의 말발굽이나 포구砲口도 아니다. 야외에서 지내는 시골 사람들은 많은 생각을 하지는 않지만, 척박한 환경에 강하고 박해를 받아도 무성하게 잘 자라는 식물과 같다. 오랫동안 낮에는 땀 흘리며 일하고 밤에는 별빛 아래에서 산과 숲을 드나들며 살아온 정 직한 시골 노인은 마침내 우주의 힘과 긴밀하게 교감 하고 그의 신과 우호적인 관계를 맺게 된다. 산에서 사는 내 플리머스 형제처럼 그도 하나님에 대해 알고 있었다. 그의 종교는 논리의 선택에 토대를 두고 있 는 것이 아니다. 그것은 인간의 경험을 노래하는 시 이며 인간의 삶의 역사를 다루는 철학이다. 신은 위 대한 힘처럼, 엄청난 빛을 발하는 태양처럼 해마다 이 단순한 사람에게 나타나 그가 최소한으로 실천하 는 명상의 기초와 본질이 된다. 독자 여러분은 독단 적으로 신념이나 교의를 바꿀 수 있고, 원한다면 나 팔을 불면서 새로운 종교를 선포할 수도 있다. 그러 나 여기 자신만의 생각을 가지고 그 생각을 고집스럽 게 고수하는 사람이 있다. 남자는 여자가 아니고 여 자는 남자가 아니라는 파기될 수 없는 명제와 똑같은 의미에서 그는 가톨릭교도이거나 프로테스탄트이거 나 플리머스 형제인 것이다. 왜냐면 그는 과거의 모든 기억을 지우고, 엄격하지만 관습적이지 않은 의미에서 마음을 바꾸지 않는 한 자신의 믿음을 버릴 수 없기 때문이다.

세벤 지방 한가운데서

나는 이제 산비탈에 검은색 지붕들이 옹기종기 모여 있는 카사냐라는 마을에 가까워지고 있다. 자연 상태를 그대로 유지하고 있는 이 계곡의 밤나무들 사이로 보이는 카사냐를 향해 걸어가며, 맑은 대기 속에서 많은 바위 봉우리들을 올려다보았다. 미망트 계곡을 따라 난 길은 지금도 새 길이었고, 산골 주민들은 첫 번째 마차가 카사냐에 도착했을 때 느꼈던 놀라움을 여전히 간직하고 있었다. 이 마을은 인간사의 흐름으로부터 이렇게 동떨어져 있는데도 불구하고 프랑스 역사에서 이미 중요한 역할을 해냈다. 거기서 매우 가까운 산속의 동굴에 카미자르들의 다섯 개의 무기고 중 하나가 있었다. 그들은 필요할 경우를 대비하여 이 동굴에 옷가지와 곡식, 무기를 숨겨두었고, 여기서 총검과 검을 만들고 버드나무 숯과 초석을 솥에 넣고 끓여 화약을 제조하기도 했다. 그렇게 이 동굴에서 이것저것을 만드는 한편 병들고 부상 당한 사람들도 이곳으로 옮겨 치료해주었다. 샤브리에와 타반이라는 두 외과의사가 이들을 찾아와 치료했고, 인근에 사는 여성들이 비밀리에 이들을 간호했다.

카미자르들이 나뉘어 배치된 5개 부대 가운데 가장 오래되었지만 거의 알려지지 않은 그 부대는 카사냐 근처에 무기고를 가지고 있었다. 스피리트 세귀에가 이 부대를 지휘했다. 부대원들은 밤에 세벤 지방의 수석 사제를 향해 진군하며 세귀에와 함께 시편 68절을 낭송했다. 세귀에가 하나님 나라로 올라가자 카발리에가 자신의 회고록에서 카미자르군 전체의 종군목사라고 말했던 살로몽 쿠데르크가 그 뒤를 이었다. 그는 사람의 마음을 읽어낼 수 있는 탁월한 능력을 지닌 예언자로서, 모든 사람의 눈 사이를 뚫어지게 쳐다봄으로써 그들에게 세례를 줄 것인지 거부할 것인지를 결정했고, 성경 구절 대부분을 암기했다. 그리고 이것은 확실히 다행스러운 일이었다. 1703년 8월 기습을 당했을 때 그는 나귀와 손가방, 성경책을 잃어버린 것이다. 그들이 더 자주, 더 효과적으로 기습을 안 당했던 게 오히려 이상할 정도였다. 이 카사냐 부대는 전투할 때는 완전히 가부장적인 방법을 사용했고, 야영할 때면 보초를 세우는 대신 신의 천사들에게 이 임무를 맡겼다. 물론 그들이 이렇게 한 것은 신앙심 때문만이 아니라 길이 아예 없는 지역에 은신한 탓이기도 했다. 어느 화창한 날, 드 칼라동 씨는 산책 중에 마치 들판의 양 떼 속으로 걸어 들어가듯 아무 경고도 받지 않고 그들 속으로 걸어 들어가게 되어, 어떤 사람들은 잠을 자고 또 어떤 사람들은 깨어 일어나 찬송가를 부르는 광경을 보게 되었다. 이 배신자가 그들 속으로 슬그머니 숨어 들어가는 데는 찬송가를 부르는 능력 말고는 일체의 추천장이 필요하지 않았으며, 심지어는 예언자 살로

당나귀와 함께한 세벤 여행

몽까지도 그와 특별한 우정을 맺었다. 이렇게 이 시골 군대는 복잡하게 얽힌 산속에서 살아남았다. 그리고 역사는 성스러운 예배와 황홀한 기쁨 말고는 그들이 한 일에 대해 거의 기록하지 않았다.

이 거칠고 단순한 사람들은 내가 방금 말했던 대로 결코 그들의 종교를 바꾸지 않을 것이며, 또한 림몬 신전의 나아만[23]이 그랬던 것처럼 겉으로만 따르는 척할 뿐 결코 배교하지는 않을 것이다. 루이 16세가 한 세기 동안의 박해가 아무 소용없다는 사실을 확신하고, 공감했다기보다는 필요에 의해 결국 칙령으로 관용의 은총을 내렸을 때조차 카사냐는 여전히 프로테스탄트였고, 지금도 이 마을에 사는 모든 주민은 프로테스탄트다. 사실 이 마을에는 프로테스탄트도 아니고 가톨릭도 아닌 한 가정이 있다. 그것은 여자 교사와 결혼함으로써 반기를 든 가톨릭 주임신부의 가

---

23) 림몬 신전은 이방신을 모시는 신전이며, 나아만은 이방신을 믿었던 장군이다. 나아만은 나병에 걸렸으나 엘리야 선지자가 고쳐주자 하나님을 믿게 된다.

정이다. 프로테스탄트를 믿는 이곳 주민들이 그의 이 같은 행동을 못마땅해했다는 것은 주목할 만하다.

주민들 가운데 한 명은 이렇게 말했다.

"사람이 자신의 서약을 저버리는 건 옳지 못한 일입니다."

내가 만난 주민들은 옷차림은 촌스럽지만 지적으로 보였고, 모두가 솔직하고 품위 있는 태도를 지니고 있었다. 그들은 내가 프로테스탄트라는 이유로 나에 대해 호의적이었다. 게다가 내가 역사에 대해 잘 알고 있어서 나를 존경하기까지 했다. 나는 둘 다 가톨릭교도이며 이곳에 처음 왔다는 경찰 및 상인과 함께 식사하게 되어, 식탁에서 그들과 종교적 논쟁 비슷한 대화를 나누게 되었다. 그 집의 젊은이들이 식탁 주변을 둘러싸고 서서 나를 지지했다. 논쟁이 관용적인 분위기에서 진행되어 스코틀랜드의 신랄하고 꼬치꼬치 따지는 분위기에서 자라난 내게 놀라움을 안겨주었다. 사실 상인이라는 사람은 좀 흥분해서 다른 사람들과는 달리 나의 역사적 지식을 그다지 신뢰

당나귀와 함께한 세벤 여행

하지 않았다. 그러나 경찰은 만사태평이었다.

그는 이렇게 말했다.

"개종하는 건 옳지 않은 생각입니다."

이 말을 듣고 많은 사람이 갈채를 보냈다.

이것은 눈의 성모마리아 수도원에서 만났던 신부나 장군의 그것과는 다른 견해였다. 그러나 이 두 사람은 다른 부류의 사람들이다. 아마도 이들로 하여금 반박하도록 만든 바로 그 관대함이 반대되는 확신을 호의적으로 인정하게끔 만든 것 같았다. 용기는 용기를 존중하기 때문이다. 그러나 신앙이 짓밟힌 곳에서 우리는 비열하고 편협한 사람들을 보기도 한다. 부르스와 월러스[24]가 이룩해낸 진정한 과업은 두 국가의 연합이었다. 적대행위가 즉시 중단된 것은 아니었다. 국경에서는 소규모 교전이 계속되었다. 그러나 때가 되면 이 두 국가는 자존심을 유지하며 서로 연합했다.

---

24) 부르스는 14세기 스코틀랜드의 왕이고 월러스는 1305년에 잉글랜드의 왕에게 처형당한 스코틀랜드의 지도자다.

상인은 내 여행에 큰 관심을 보이며 야외에서 자는 건 위험하다고 말했다.

"늑대들이 있잖아요. 그리고 사람들은 당신이 영국인이라는 걸 알고 있어요. 영국인들은 항상 지갑이 두둑하니까 혹시 누군가가 밤중에 당신을 공격해서 돈을 뺏어야겠다고 생각할 수도 있습니다."

나는 그런 사고 따위는 별로 두렵지 않으며, 인생을 살아나가는 데 있어 이 같은 불안에 대해 너무 깊이 생각하거나 위험을 너무 자주 언급하는 것은 현명하지 않다고 생각한다고 대답했다. 나는 삶 자체가 워낙 위험한 일인지라 하나하나의 부가적인 상황에 신경을 쓸 겨를이 없다고 덧붙인 뒤 이렇게 말했다.

"설사 당신이 세 개의 열쇠로 열어야만 하는 자물쇠를 당신 방문에 채운다 해도 주중의 어느 날에 무엇인가가 당신의 내부로 뛰어들어 목숨을 잃을 수도 있는 겁니다."

그러자 그가 대답했다.

"아무리 그래도 밖에서 자면 안 됩니다!"

당나귀와 함께한 세벤 여행

나는 말했다.

"하나님은 어디에나 계십니다!"

그러나 그는 같은 말을 되풀이했다.

"그렇지만 밖에서 자는 건 안 됩니다!"

그의 목소리에서는 두려움이 느껴졌다.

이번 여행 동안 내가 야외에서 잠을 자는 것을 위험한 행동으로 여긴 사람은 이 상인뿐이었다. 반대로 그것이 아주 좋은 생각이라고 공언한 사람도 딱 한 명 있었다. 바로 나의 플리머스 형제였다. 내가 이따금 닫혀 있고 시끄러운 선술집보다는 별들을 올려다보며 야외에서 자는 걸 더 좋아한다고 말하자 그는 소리쳤다.

"오, 이제 보니 당신은 하나님을 알고 있는 사람이군요!"

내가 떠나려는데 상인이 내게 명함을 한 장 달라고 부탁했다. 그러면서 내가 장차 사람들의 입에 오르내리게 될 것 같아서 그런다며 자기가 부탁한 것과 그 이유도 기록해 주었으면 좋겠다고 덧붙였다.

두 시가 조금 지났을 때쯤 나는 미망트 계곡을 가로질러 가다가 무너져 쌓인 돌과 헤더로 뒤덮인 산의 남사면으로 오르는 바위투성이의 울퉁불퉁한 산길로 접어들었다. 산꼭대기에 오르자 이 고장에서 늘 그렇듯이 길이 사라져버렸다. 나는 나귀가 헤더를 뜯어먹도록 내버려 둔 다음 혼자 길을 찾아 나섰다.

나는 이제 두 거대한 분수령의 경계선에 서 있었다. 내 뒤로 보이는 모든 시냇물은 가론 강과 대서양을 향해 흐르고 있었으며, 내 앞에는 론 강의 유역이 펼쳐져 있었다. 로제르 산에서 그랬던 것처럼 여기서도 날이 맑으면 리옹 만이 환하게 빛나는 것을 볼 수 있다. 아마 여기서 살로몽의 부대는 영국이 오래전에 카미자르 군을 돕겠다며 파병을 약속했던 클라우드즐리 셔블 경의 함대가 나타나기를 목이 빠지게 기다렸을 것이다. 독자 여러분은 카미자르들이 전쟁을 일으켰던 지역의 한가운데 위치한 이 산마루를 볼 수 있다. 다섯 개 카미자르군 부대 가운데 네 개가 이 주변에서 거의 서로를 볼 수 있는 거리에 주둔해 있

당나귀와 함께한 세벤 여행

었다. 살로몽과 조아니는 북쪽에, 카스타네와 롤랑은 남쪽에 주둔했다. 그리고 쥘리앵이 1703년 10월부터 11월까지 460개의 마을을 불태워 고산지대 세벤 지방을 완전히 파괴한 그 유명한 작업을 마치고 난 뒤, 한 남자가 이 높은 산에 서서 연기도 사라지고 인적도 끊겨 침묵에 잠긴 이 땅을 내려다봤을 것이다. 시간과 인간의 활동은 이 폐허가 된 마을들을 다시 일으켜 세웠다. 카사냐 주민들은 자기 집 지붕을 수리했고, 집안의 연기를 굴뚝을 통해 하늘로 올려보냈다. 낮고 울창한 협곡의 밤나무숲에서 일하던 많은 부유한 농부들이 하루 일을 마친 뒤 아이들과 따뜻한 난로가 있는 집으로 돌아오고 있었다. 그렇지만 이곳은 내가 여행하며 본 곳들 가운데 가장 험난해 보이는 곳이다. 산봉우리와 산봉우리, 산맥과 산맥이 남쪽으로 뻗어 나가고 있었고, 겨울 급류에 의해 마치 조각품처럼 홈이 파여 있었고, 산 아래에서 꼭대기까지를 뒤덮고 있는 밤나무 숲 여기저기에 화관처럼 생긴 가파른 바위절벽이 나타나곤 했다. 산꼭대기를 가로질러가며 금가루를 흘려보내고 있는 태양이 지평선 너머로 넘어가려면 아직 멀었지만, 계곡은 이미 깊고 조용한 그림자 속에 잠겨가고 있었다.

머지않은 자신의 죽음에 조의를 표하듯 자유를 상징하는 검은 모자를 쓴 연로한 양치기가 절뚝거리는 다리를 지팡이에 의지한 채 내게 생제르맹드칼베르트로 가는 길을 가르쳐주었다. 나는 몸을 제대로 못 쓰는 이 노쇠한 노인이 이처럼 홀로 있는 것을 보고 어떤 엄숙함을 느꼈다. 그가 어디 살고 있는지, 그가 어떻게 해서 이렇게 높은 산등성이까지 올라왔는지, 혹은 어떻게 다시 내려가려고 하는 것인지, 도저히 상상할 수 없었다. 오른쪽으로 멀지 않은 곳에 풀 장군이 아르마니아 검으로 세귀에의 카미자르들을 마구 베어 죽여서 널리 알려진 플랑드퐁모르트가 있었다. 그는 어쩌면 풀 장군으로부터 도망치다가 전우들을 잃고 그 뒤로 산을 떠돌아다니는 전쟁의 립 밴 윙클[25]인지도 모른다. 그는 어쩌면 카발리에가 항복했다든가, 롤랑이 올리브나무를 등지고 싸우다가 쓰러졌다는 소식을 여태 듣지 못했는지도 모른다. 내가 이렇게 상상의 나래를 펼치고 있는데, 그가 단속적인 톤으로 나를 소리쳐 부르더니 돌아오라는 뜻으로 지팡이를 흔들었다. 나는 이미 그를 지나쳐 꽤 멀리 가 있었지만, 다시 한번 모데스틴을 내버려두고 그에게로 되돌아갔다.

세상에! 그건 아주 흔히 있는 일이었다. 나를 행상으로 생각한 이 노신사는 내게 뭘 파는지 묻는 걸 잊어버렸고, 이 부주의를 바로잡으려고 한 것이다.

나는 단호한 목소리로 대답했다.

"아무것도 안 팝니다."

그러자 그가 소리쳤다.

"아무것도 안 판다고요?"

"예, 아무것도 안 팝니다."

나는 같은 말을 되풀이하고는 그곳을 떠났다.

---

25) 워싱턴 어빙의 단편소설에 등장하는 인물. 산속의 이상한 나라에서 지내다 나와보니 그동안 고향에서는 오랜 세월이 흘러 갑자기 노인이 되어버린다.

이상한 일이긴 하지만, 내가 그를 보고 이해가 안 되는 사람이라고 생각한 것처럼 그도 나를 보고 이해가 안 되는 사람이라고 생각했을 것이다. 길은 밤나무 숲 아래로 이어졌다. 물론 아래쪽의 계곡에서 한두 개의 마을을 보고 밤 농사를 짓는 사람들이 사는 외딴 농가를 여럿 보기는 했지만, 오후에는 대체로 나 혼자만 걸었다. 밤나무 아래는 이미 어두워졌다. 그러나 그다지 멀지 않은 곳에서 어떤 여인이 부르는 오래된 애가哀歌가 끝없이 이어졌다. 그것은 사랑과 그녀의 잘생긴 연인에 관한 노래 같았다. 나는 남의 눈에 띄지 않게 숲속 길을 가면서 내 생각을 그녀의 생각과 결합하여 그녀에게 후렴으로 화답하고 싶었다. 그녀에게 무슨 말을 할 수 있을까? 거의 없다. 하지만 온 마음이 간절히 원하고 있다. 어떻게 이 세상은 주었다가 다시 빼앗아가는 것일까? 어떻게 가까이 있던 연인을 멀고 낯선 땅으로 보내버리는 것일까? 하지만 사랑은 세상을 정원으로 만드는 거대한 부적 같은 것. "누구에게나 찾아오는 희망"은 살면서 겨게 되는 여러 가지 사건보다 더 오래 살아남아 떨리는 손과 함께 무덤과 죽음 너머에 도달하는 것. 말로 하는 건 쉽다. 그렇지만 또한 신의 은총을 받아, 믿음에 감사와 편안함을!

우리는 마침내 소리 없이 흙먼지로 뒤덮인 흰색의 넓은 도로로 접어들었다. 날이 어둑어둑해졌다. 달이 건너편 산을 오랫동안 환하게 비추었다. 산모퉁이를 돌아서는 순간 나와 나귀는 달빛속으로 들어갔다. 플로락에서 나는 병에 남아 있던 브랜디를 더이상은 마실 수가 없어서 버리고 대신 진하고 향이 강한 볼네이를 담았다. 그리고 이제 나는 길 위에서 달의 신성한 위엄을 위해 술을 마신다. 겨우 두 모금을 마셨을 뿐인데 그때부터 팔다리에 감각이 없어지고 피는 놀라운 쾌락으로 돌기 시작했다. 심지어는 모데스틴도 이 순화된 밤의 햇빛에 고무되어 작은 발굽을 더 활발하게 움직였다. 길은 밤나무 숲 사이로 내리막을 이루며 구불구불 이어졌다. 우리가 걸음을 옮길 때마다 뜨거운 먼지가 우리의 발에서 피어올랐다가 흩어지곤 했다. 우리 둘의 그림자(내 것은 배낭 때문에 변형되었고, 모데스틴 것은 등짐 때문에 다리가 우스꽝스럽게 벌려져 있었다)는 우리 앞에서 길 위에 또렷하게 윤곽을 드러내고 있다가 산모퉁이를 돌아서는 순간 유령처럼 길게 늘어나며 멀어져서는 마치 구름처럼 산을 따라 흘러가 버렸다. 이따금 더운 바람이 계곡으로 살랑살랑 불어와 밤나무 가지에 달린 잎사귀와 밤 열매를 이리저리 흔들어댔다. 귀는 속삭이는 음악으로 가득 찼고, 그림자는 장단을 맞추어 춤을 추었다. 그리고 다음 순간 산들바람이 멈췄고 계곡에는 걸어가는 우리의 발 외에 움직이는 게 아무것도 없었다. 반대편 산비탈에는 꼭 사람의 뼈처럼 괴기하게 생긴 산의 협곡이 달빛을 받아 희미하게 그려져 있었다. 그리고 저 위 높은 곳에 있는 외딴집에서 환하게 밝혀진 창문 하나가 밝게 빛나고 있었다. 그것이야말로 슬픈 밤의 색으로 물든 거대한 들판에서 유일하게 타오르는 붉고 네모진 불꽃이라 할 수 있었다.

내려가고 있는데 어떤 지점에서 길이 확 꺾이면

당나귀와 함께한 세벤 여행

서 달조차 산 뒤로 사라져버렸다. 나는 깊은 어둠 속에서 계속 길을 갔다. 그리고 다시 모퉁이를 돌아서는 순간 아무 준비도 안 된 상태에서 생제르맹드칼베르트로 들어서게 되었다. 마을은 흐릿한 어둠에 잠긴 채 침묵 속에 잠들어 있었다. 열려 있는 문에서 유일하게 램프 불빛이 길 위로 새어 나와 내가 사람 사는 동네로 들어왔다는 것을 보여주었다. 정원의 담 옆에서 마지막까지 수다를 떨고 있는 두 사람이 내게 여관 위치를 알려주었다. 여관의 여주인은 닭들을 닭장으로 들여보내는 중이었다. 불이 이미 꺼져 있었기 때문에 그녀는 몇 마디 불평을 늘어놓으며 다시 불을 붙여야만 했다. 30분쯤 뒤에 나는 저녁도 먹지 못하고 잠자리에 들어야만 했다.

마지막 날

10월 3일 목요일, 수탉들의 시끌벅적한 울음소리

와 만족한 암탉들의 꼬꼬댁소리를 들으며 잠에서 깬
나는 간밤에 잤던 안락하고 깨끗한 방의 창가로 다가
가서 깊은 계곡의 밤나무 숲을 비추는 아침 햇살을
내려다보았다. 아직 이른 시각이었지만, 수탉들의 울
음소리와 비스듬히 비치는 불빛, 길게 늘어난 그림자
에 끌려 밖으로 나가 주변을 둘러보았다.

생제르맹드칼베르트는 둘레가 27마일이나 되는 큰
교구였다. 전쟁 중에, 그리고 폐허로 변하기 직전까
지는 275가구가 살고 있었으며 그중 아홉 가구만 가
톨릭교도였다. 주임신부가 9월에 시작하는 인구조사
를 위해 말을 타고 이 집 저 집 도는 데 17일이나 걸
릴 정도였다. 그러나 생제르맹드칼베르트는 행정상
으로만 군청 소재지일 뿐 다른 마을보다 그다지 크
지 않았다. 이 마을은 아름드리 밤나무 숲 한가운데
의 가파른 경사지에 계단 모양으로 자리 잡고 있었
다. 프로테스탄트 교회는 저 아래쪽 언덕에 서 있었
고, 마을 한가운데에서는 예스러운 오래된 가톨릭교
회를 볼 수 있다.

바로 이곳에 기독교 순교자인 그 불쌍한 세일라 신부의 도서관과 선교사 법정이 있었다. 그는 자기가 죄를 사해준 데 대해 감사해하는 주민들 사이에 묻히겠다는 생각으로 이곳에 자신의 무덤을 만들어놓았다. 그리고 그가 죽은 다음 날, 사람들이 쉰두 번이나 칼에 찔린 그의 시신을 묻어주기 위해 안치해놓은 곳이 바로 이곳이다. 그는 사제복을 입은 채 교회 안에 공식적으로 안치되었다. 주임신부는 사무엘하 20장 12절("그리하여 아마사가 길 가운데 피 속에 놓여 있는지라")을 인용, 감동적인 설교를 하면서 그의 형제들에게 불행을 당한 뒤 세일라 신부처럼 각자가 자신의 자리에서 죽을 것을 촉구하였다. 그의 연설이 한창일 때 스피리트 세귀에가 아주 가까이 와 있다는 소문이 들려왔다. 그러자, 보라! 거기 모여 있던 사람들이 모두 다 말에 올라타더니 어떤 사람들은 동쪽으로, 또 어떤 사람들은 서쪽으로, 그리고 주임신부 자신은 저 멀리 알레스로 도망쳤다.

로마의 축소판이라 할 수 있는 이 작은 가톨릭의

중심지가 이처럼 야생적이고 적대적인 지역에 있다는 것은 이상한 일이었다. 다른 한편으로 보면, 살로몽의 군대는 카사냐에서 이 마을을 간과했고, 미알레에 자리 잡고 있던 롤랑의 부대는 이곳에 대한 지원을 중단했다. 주임신부 루브르레닐은 세일라의 장례식에서 겁을 먹고 허둥지둥 알레스로 도망친 주제에 고립된 설교단에 서서 프로테스탄트들이 죄악을 저질렀다며 맹렬히 비난하였다. 살로몽은 한 시간 반 동안 이 마을을 포위공격했으나 결국은 격퇴당했다. 사람들은 주임신부의 집 앞을 지키고 있던 민병대원들이 어둠 속에서 프로테스탄트들의 찬송가를 부르고 친구 사이인 프로테스탄트 부대원들과 이런저런 얘기를 나누는 것을 들을 수 있었다. 총 한 방 안 쏘았는데도 아침이 되자 그들의 화약통에는 화약이 한 줌도 남아 있지 않았다. 어떻게 된 일일까? 민병대원들이 대가를 받고 화약을 모두 카미자르들에게 넘겨주었다. 고립된 주임신부를 지키는 호위대원들은 신뢰할 만한 사람들이 아니었다.

옛날에 생제르맹드칼베르트에서 끊임없이 발생했던 이러한 소요의 장면을 지금은 상상하기가 쉽지 않다. 지금은 모든 것이 너무나 평화롭기 때문이다. 이 작은 산 마을에서 인간생활의 박동은 너무나 느리고 조용히 뛰고 있다. 사내아이들이 소심한 사자 사냥꾼처럼 멀찌감치 떨어져서 나를 따라오고 있었다. 내가 지나가자 주민들은 두 번씩 돌아보기도 하고, 아니면 집에서 나와보기도 했다. 독자 여러분도 짐작했겠지만, 카미자르들이 지나간 이후로 내가 온 것이 첫 사건이었던 것이다. 주민들이 무례하거나 노골적으로 나를 관찰한 것은 아니었다. 그들은 그냥 황소나 아기를 볼 때처럼 한편으로는 재미있어하고 또 한편으로는 놀라워하면서 나를 지켜보았다. 하지만 많은 사람들의 시선을 받다 보니 피곤해져서 나는 잠시 후 길거리에서 벗어났다.

나는 푸른 잔디가 깔린 계단 모양의 넓은 땅을 은신처로 삼아 둥근 지붕 모양으로 우거진 잎사귀들을 지탱하고 있는 밤나무들의 흉내 낼 수 없는 자태를 연필로 그려보려고 애썼다. 이따금 바람이 솔솔 불어 밤이 내 주위의 잔디밭으로 가볍고 둔탁한 소리를 내며 떨어지곤 했다. 꼭 큼지막한 우박이 떨어지는 것 같았다. 하지만 그 소리에는 다가오는 추수에 대한 농부의 기대와 수확에 대한 농부들의 환희 같은 감정이 담겨 있다. 눈을 들어 보니 이미 딱 벌어져 있는 껍질 사이로 갈색 열매가 살그머니 모습을 드러내고 있었다. 나무줄기 사이로는 햇빛이 비치고 나뭇잎들로 초록색을 띤 원형극장 모양의 산이 눈에 들어왔다.

어떤 장소에서 이렇게까지 즐겁게 지낸 적이 거의 없었다. 나는 즐거운 분위기에 빠져들었고, 가벼움과 고요함, 만족스러움을 느꼈다. 그러나 내 마음을 그렇게 즐겁게 만든 것이 단지 그 장소만은 아닐 것이다. 어쩌면 다른 나라에서 누군가가 나를 생각하고 있었는지 모르고, 아니면 나 자신의 어떤 생각이 소리 없이 찾아와서 내게 좋은 일을 했는지도 모른다. 어떤 생각은 분명히 가장 아름답지만, 우리가 그것의 특성을 미처 제대로 살펴보기도 전에 사라져버리기 때문이다. 마치 신이 우리의 푸른 길을 여행하다가 문을 열고 웃음을 지으며 집 안을 한번 들여다보고는 영원히 떠나버리는 것처럼 말이다. 그것이 아폴로든, 머큐리든, 아니면 날개가 접힌 사랑의 신이든, 그건 상관없다. 그러나 우리는 한결 가볍게 일을 해나가며 마음속에서 평화와 즐거움을 느끼는 것이다.

나는 가톨릭교도 두 사람과 식사를 함께했다. 그들은 가톨릭교도였다가 프로테스탄트 여성과 결혼하고 아내의 종교로 개종한 어느 젊은 남성을 한목소리로 비난했다. 그들은 이 남성이 프로테스탄트로 태어났다면 얼마든지 이해하고 존중할 수 있다고 말했다. 정말로 그들은 그날 나와 얘기를 나눴던 나이든 가톨릭 여성교도와 같은 생각을 지닌 것처럼 보였다. 그 여성은 "나쁜 것은 더 많은 빛을 받고 더 많은 인도를 받는 가톨릭교도들에게 더 나쁘다"는 것만 빼면 두 종파 사이에 아무런 차이가 없다고 말했다. 그러나 그들은 이 젊은 남성의 배교는 경멸했다.

그중 한 사람이 말했다.

"종교를 바꾼다는 건 안 좋은 생각이에요."

우연일 수도 있겠지만, 이 말은 계속해서 나를 따라다녔다. 나는 이런 생각이야말로 이 사람들이 현재 신봉하는 철학이라고 믿는다. 이보다 더 나은 철학은 생각해내기가 힘들었다. 한 인간이 천국에 가기 위해 자신의 교리를 바꾸고 자신의 가족을 떠난다는 것은 그 사람의 놀라운 확신을 보여준다고 말할 수 있을 것이다. 하지만 이상한 것은 인간의 눈에 엄청난 변화로 보이는 것이 신의 눈에는 털끝만도 못한 변화로 보일 수도 있다는 것이다. 아니, 그랬으면 좋겠다. 그렇게 하는 사람들에게 영광을! 왜냐면 떼어내 진다는 것은 고통스러운 일이기 때문이다. 너무나 사소한 인간의 일에 큰 관심을 가지거나 의심스러운 정신적 동요로 인해 우정을 저버리는 사람들에게, 그것은 힘이 강해서였든 아니면 약해서였든, 예언자여서였든 아니면 바보여서였든, 어떤 정신적 편협함을 보여주는 것에 불과하다. 나는 내 오랜 교리를 버리고 다른 교리를 받아들이지는 않을 것이다. 왜냐면 그것은 기껏해야 이 말을 저 말로 바꾸는 것에 불과하기 때문이다. 그러나 어느 정도 과감한 해석을 통해 그것을 정신과 진리로 받아들이고, 내 교리의 잘못된 점만큼 다른 종교단체의 가장 좋은 점도 수용할 것이다.

포도나무뿌리진디병이 이 지역에 큰 피해를 주었다. 그래서 점심식사 때 우리는 포도주 대신 이곳 사람들이 파리지앤느라고 부르는 보다 경제적인 포도주스를 마셨다. 이 주스는 포도를 통째로 물과 함께 통에 집어넣어 만드는데, 포도알이 하나씩 발효해서 터진다. 낮에 마셔서 주스의 양이 줄어들었으면 밤에 그만큼의 물을 다시 채운다. 우물에서 길어온 물을 항아리에 담고 포도송이를 넣으면 포도알이 터지면서 포도주스가 되는 것이다. 파리지앤느 한 통이면 한 가족이 봄까지 먹을 수 있다. 주스는 독자 여러분이 추측하듯 도수는 약해도 맛은 꽤 좋다.

점심식사를 하고 커피까지 한 잔 마시고 나서 생제르맹드칼베르트에서 출발하려고 보니 세 시가 훌쩍 넘어 있었다. 나는 물이 다 말라버려 바닥이 그대로 드러난 넓은 가르동 드 미알레 강을 따라가다가 생테티엔 드 발레 프랑세즈(주민들은 그냥 발 프랑세스크라고 부른다)를 통과한 다음 날이 어둑어둑해질 무렵 생피에르 산을 오르기 시작했다. 오르막길은 길고 가팔랐다. 내 뒤에서 바짝 따라오던 빈 수레가 산꼭대기에 거의 다다른 곳에서 나를 따라잡았다. 마부는 이 세상 사람들이 그렇듯 나를 행상으로 확신했다. 그러나 다른 사람들과는 달리 그는 내가 어떤 물건을 파는지도 확신하고 있었다. 그는 내 짐 양쪽 끝에 매달려 있는 푸른색 양모를 눈여겨보았다. 그러고 나서 내가 프랑스에서 수레를 끄는 말의 목을 장식하는 푸른색 양모 목걸이를 판다고 단정했다. 내게는 그의 이 같은 확신을 부정할 만한 힘이 없었다.

나는 모데스틴이 젖먹던 힘까지 다 짜내도록 재촉했다. 날이 완전히 저물기 전에 반대편 산비탈의 전망을 보고 싶었기 때문이다. 그러나 내가 산 정상에 오르자 밤이 되어버렸다. 달이 높이 떠올라 환히 빛나고 있었다. 그리고 몇 줄기 회색빛 서광이 서쪽에

당나귀와 함께한 세벤 여행

머물러 있었다. 어둠 속에 파묻힌 계곡이 마치 천지가 창조될 때 생긴 구덩이처럼 입을 크게 벌린 채 내 발밑에 펼쳐져 있었다. 그러나 산은 하늘을 배경으로 선명한 윤곽을 드러내고 있었다. 거기에 카스타네의 본거지였던 몽테구알 산이 있었다. 카스타네는 활동적이고 적극적인 지도자로서뿐만 아니라 카미자르들 사이에서도 몇 가지 점에서 언급될 만한 가치가 있는 인물이다. 그의 월계관에는 장미꽃 무늬가 새겨져 있었다. 그는 심지어 전체적인 비극의 상황에서도 어떻게 사랑이 이루어질 수 있는지를 보여주었다. 전쟁이 한창일 때 그는 산속에 있는 자신의 요새에서 마리에트라는 젊고 아름다운 여성과 결혼했다. 모두가 두 사람을 축하해주었다. 신랑은 이 기쁜 사건을 기념하는 의미에서 스물다섯 명의 죄수를 풀어주었다. 7개월 후, 그들이 세벤의 여왕이라고 부르며 조롱했던 마리에트는 당국의 손에 넘어갔고, 거기서 그녀는 무척 힘든 시간을 보낸 것 같다. 그러나 카스타네는 결단력을 갖춘 인물이었고, 자신의 아내를 사랑했다. 그는 발로그를 습격하여 귀부인 한 사람을 인질로 잡았다. 그리고 카미자르 전쟁에서 처음이자 마지막으로 죄수들의 교환이 이루어졌다. 카스타네와 그의 아내가 하늘에 별이 총총한 몽테구알 산에서 며칠 밤을 보낸 결과 태어난 그들의 딸은 오늘날까지 후손들을 남겼다.

모데스틴과 나는 생피에르 산 정상에서 간식을 먹었다(이것이 우리가 마지막으로 함께한 식사였다). 나는 돌더미에 앉아서, 모데스틴은 내 옆에 선 채 달빛을 받으며 내가 손에 들고 있는 빵을 품위 있게 뜯어먹었다. 이 불쌍한 짐승은 내가 이런 식으로 먹이를 주면 더 맛있게 먹었다. 모데스틴은 이제 곧 그녀를 배신하게 될 내게 애정 같은 걸 가지고 있었던 것이다.

생장 뒤 가르까지는 긴 내리막길이 이어졌다. 가는 길에 우리가 만난 사람이라곤 짐마차꾼 한 사람뿐이었는데, 꺼져 있는 그의 랜턴에 달빛이 비쳐서 멀리서 겨우 알아볼 수 있었다.

우리는 열 시 전에 도착하여 식사를 했다. 6시간 조금 더 걸려 가파른 언덕길을 15마일이나 온 것이다!

잘 있어, 모데스틴!

10월 4일 아침, 모데스틴을 검사한 결과 더이상 여행을 하면 안 된다는 결론이 나왔다. 여관의 말꾼에 따르면 최소한 이틀은 쉬어야 한다는 것이었다. 그러나 나는 편지 때문에 지금 당장이라도 알레스로 향하고 싶었다. 역마차가 다니는 문명화된 고장에 와 있었으므로 나는 모데스틴을 팔고 그날 오후에 승합마차를 타고 출발하기로 했다. 우리가 어제 생피에르 산을 오랫동안 올라올 때 우리 뒤를 바짝 쫓아왔던 마부가 증언해준 덕분에 모데스틴의 능력에 대한 긍정적인 평가가 온 동네로 퍼져나갔다. 모데스틴을 살 생각이 있는 사람들은 지금이 절호의 기회라는 사실을 알고 있었다. 나는 열 시가 되기 전에 25프랑을 주겠다는 제의를 받았고, 정오가 되기 전 필사적으로 흥정을 벌인 끝에 짐 안장을 비롯한 모든 것을 최종적으로 35프랑에 팔았다. 금전적으로 얻은 이익은 얼마 되지 않았지만, 나는 그 매매 덕분에 자유를 살 수 있었다.

생장 뒤 가르는 꽤 큰 마을로서 주민들 대부분이 프로테스탄트였다. 프로테스탄트인 이곳 시장이 이런 지역에서 생기게 마련인 사소한 문제를 해결해달라며 내게 도움을 요청해왔다. 세벤 지방의 젊은 여성들은 같은 종교를 믿으면서도 사용하는 언어가 달라 영국에 가정교사로 갈 기회가 자주 생긴다. 마침 미알레 출신의 한 여성이 런던의 서로 다른 두 단체에서 온 영어 편지 때문에 골치 아파하고 있었다. 나는 내가 할 수 있는 한도 내에서 도움을 주는 한편 훌륭하다고 생각되는 조언도 기꺼이 몇 가지 해주었다.

기록해둘 게 한 가지 더 있다. 포도나무뿌리진디병이 이 인근에 퍼져 포도농사를 망쳐버렸다는 얘기는 앞에서 한 적이 있다. 나는 아침 일찍 강가에 서 있는 몇 그루의 밤나무 아래서 사람들이 사과 압착기로 무슨 일인가를 하는 모습을 보게 되었다. 나는 처음에는 그들이 사과를 으깨서 뭘 하려는지를 몰라서 그중 한 사람에게 설명을 부탁했다.

당나귀와 함께한 세벤 여행

그가 말했다.

"사과주스를 만드는 겁니다. 예, 이렇게요. 북쪽에서처럼 말이죠!"

그의 목소리에서 살짝 빈정거림이 느껴졌다. 이 고장은 뭔가 잘못되어가고 있었다.

나는 마부 옆자리에 점잖게 자리를 잡고 앉을 때까지도 어떤 차이를 느끼지 못했다. 하지만 승합마차가 키 작은 올리브나무들이 서 있는 바위투성이 계곡을 덜거덕거리며 지나갈 때쯤 나는 내가 모데스틴을 잃어버렸다는 사실을 깨닫게 되었다. 그 순간까지도 나는 내가 모데스틴을 싫어한다고 생각했다. 하지만 모데스틴이 떠나버린 지금, "오! 얼마나 큰 변화가 내게 일어났는지!"

열이틀 동안 우리는 갈라놓을 수 없는 친구였다. 우리는 여섯 개의 다리로 꽤 높은 산을 몇 개씩이나 넘으며 돌도 많고 질퍽질퍽한 길을 120마일 이상 함께 걸었다. 첫 번째 날 이후로 나는 모데스틴에게 감정이 상해 냉정하게 대하기도 했지만 그럼에도 불구하고 인내심을 잃지 않았다. 그리고 오, 가엾은 것! 모데스틴으로 말하자면, 나를 신으로 생각했다. 모데스틴은 내가 손에 들고 있는 빵을 뜯어 먹는 걸 좋아했다. 모데스틴은 끈기가 강했고, 몸매가 우아하고 호리호리했다. 또 이상적인 쥐색이었고, 매우 작았다. 모데스틴에게 결함이 있다면 바로 그녀의 종種과 성性이었다. 그리고 모데스틴의 장점은 그녀 자신의 것이다. 잘 가거라, 모데스틴, 언젠간 다시 만날 수 있겠지….

아당 영감은 모데스틴을 내게 팔고 울었다. 그리고 이번에는 내가 모데스틴을 팔았고, 그때 나는 아당 영감과 똑같이 하고 싶은 생각이 들었다. 그래서 마부와 너덧 명의 친절한 젊은이들 사이에서 혼자가 되자 망설이지 않고 내 감정에 굴복해 버렸다.

'스티븐슨의 길' 팻말이 세워져있는 마을.

작가 로버트 루이스 스티븐슨

《당나귀와 함께한 세벤 여행》을 쓴 로버트 루이스
스티븐슨은 1850년 스코틀랜드의 에딘버러에서 태
어나 1894년 남태평양에 있는 사모아의 발리마라는
마을에서 죽었다. 그는 모험문학의 걸작인 《보물섬》
과 인간의 이중성을 표현한 대표적 작품인 《지킬 박
사와 하이드 씨》를 쓴 작가로 세계문학사에 길이 남
았다.

스티븐슨은 독실한 프로테스탄트(언약교도)였으며
등대를 설계하고 건설하는 기술자 아버지와 폐가 매
우 약한 어머니 사이에서 장남으로 태어났다. 그러나

스티븐슨이 두 살 때부터 어머니가 병약하여 그를 돌볼 수 없게 되자 유모 앨리슨 커닝햄이 그를 돌보기 시작했고, 그때부터 그녀는 스티븐슨에게 큰 영향을 미치게 된다.

그는 어릴 때부터 감기와 기관지염, 폐렴 등 온갖 병을 다 앓았으나 그 원인을 알지 못하다가 일곱 살이 되어서야 그것이 집 안의 습기와 관련이 있다는 사실을 밝혀냈다. 하지만 이미 때가 늦어서, 스티븐슨은 평생 병마와 싸우다가 결국 마흔넷이라는 비교적 젊은 나이에 생을 마치게 되었다.

아버지는 늘 일로 바빴고 어머니는 자주 아파서 그를 제대로 돌보지 못한데다가 에딘버러의 날씨가 안 좋아서 집에만 머물러 있어야 했던 그가 유모 앨리슨 커닝햄을 "제 2의 어머니, 최초의 여성, 어린 시절을 지켜준 천사"로 생각한 건 너무나 당연한 일이었다. 앨리슨 커닝햄은 대부분의 시간 동안 침대에 누워 있는 그에게 《성경》과 존 번연의 《천로역정》, 언약교도 저자들이 쓴 글들을 읽어주었다. 또 그녀는 그에게 스코틀랜드의 역사를, 특히 언약교 운동 지지자들과 잉글랜드 정부군이 내전을 벌였던 1680년~1688년 동안 언약교도들이 받았던 박해에 관한 이야기를 들려주었다. 또 그는 〈카셀의 가족〉이라는 잡지에 실리는 모험이야기도 무척 좋아했다.

그는 유모가 읽어주고 들려주는 이런 이야기들을 들으며 상상력을 키웠다. 그는 이렇게 말한다. "어린 스코틀랜드 아이는 난파라든가 목숨을 앗아가는 암초, 무시무시한 파도, 거대한 등대, 그리고 헤더로 뒤덮이고 야성적인 씨족들이 출몰하며 언약교도들이 쫓겨 다니는 높은 산에 관한 얘기를 들으며 자랐다." 앞서 언급한 《보물섬》과 《지킬 박사와 하이드 씨》는 물론 《당나귀와 함께한 세벤 여행》(이 작품은 존 번연의 《천로역정》에서 영감을 얻었다)은 어릴 때 들은 이런 이야기에서 영감을 얻어 쓴 작품이다.

그는 건강 때문에 정규 교육을 제대로 받지 못하여 외로운 청소년 시절을 보낸다. 열일곱 살이 되던 1867년에 엔지니어가 되기 위해 에딘버러 대학에 들어갔으나 몇 년 만에 그만두고 법학 공부를 시작했지만 그것에도 흥미를 못 느낀다. 결국, 그는 글을 쓰기로 결심했고, 이로 인해 가족들, 특히 아버지와 사이가 나빠진다.

1876년 프랑스로 건너온 그는 여기저기를 여행하다가 파리 남쪽의 바르비종에서 그보다 열 살 연상의 미국 화가 파니 오스번을 만나게 된다. 이 여성은 남편과 별거 중에 두 아이를 데리고 그 지역에 머무르고 있었다. 두 사람은 보자마자 사랑에 빠졌고, 결혼하고 싶었지만 파니가 아직은 남편과 이혼한 상태가 아니었기에 불가능했다. 1878년 그녀는 이혼하기 위해 미국으로 떠났다. 스티븐슨도 그녀를 따라가려고 했으나 돈이 없었을 뿐더러, 그의 아버지는 그가 파니와의 결혼 생각을 접지 않으면 경제적 지원을 끊어버리겠다고 위협했다.

무기력한 자신에게 실망하고 과연 파니와 다시 만날 수 있을지 의심이 들기도 한 스티븐슨은 프랑스 중부의 르 모나스티에라는 산골마을로 가서 한 달 동안 머물렀다. 그리고 모데스틴이라는 이름의 암탕나귀를 사서 짐을 싣고는 1878년 9월 22일 출발하여 남쪽으로 12일 동안 230킬로를 걸어 생장뒤가르라는 마을에 도착했다. 이 여행 이야기가 이 책 《당나귀와 함께한 세벤 여행》에 담겼다.

1879년, 가족의 반대에도 불구하고 그는 파니를 만나러 미국으로 건너갔다. 하지만 그녀의 이혼 문제가 종결되지 않은 상태여서 그녀와 결혼을 하지 못한 채 현지 신문사에 글을 게재하며 근근이 살아야 했다. 1880년 5월에 드디어 결혼식을 올린 두 사람은 같은 해 8월 스코틀랜드로 돌아갔는데, 이때 그의 열두 살짜리 의붓아들 로이드의 부탁으로 보물섬 지도를 그려주면서 《보물섬》을 쓰기 시작한다. 그는 처음 열다섯 개 챕터를 쓰고 나서 갑자기 영감을 잃어버렸으나 1880년~1881년에 건강을 위해 스코틀랜드와 잉글랜드, 다보스를 여행하다가 영감을 되찾아 2주일 만에 다음 열다섯 개 챕터를 완성시켜 《보물섬》을 출간했다.

1886년에 《지킬 박사와 하이드 씨》를 발표하고 1887년 미국으로 돌아간 스티븐슨은 뉴욕 언론에 의해 스타작가로 대접받는다. 건강이 계속 나빠지자 그는 열대성 기후가 자신의 호흡기 질환에 좋을 거라고 판단하여 남태평양에 있는 사모아 섬의 발리마라는 마을에 정착한다. 하지만 그 반대였다. 사모아 섬의 기후는 오히려 매우 습해서 그의 허약한 폐에 치명적이었다.

스티븐슨은 44세의 나이에 뇌출혈로 세상을 떠났다. 그는 유언대로 발리마 마을이 훤히 내려다보이는 바에아 산 꼭대기에 바다를 마주 보고 묻혔다. 그의 묘비에는 그가 1884년 프랑스의 에르에서 쓴 〈레퀴엠〉이라는 시의 첫 번째 행이 새겨져 있다.

별이 뜬 광대한 하늘 아래
무덤을 파서 나를 편안히 놓아두오.
나는 행복하게 살고 행복하게 죽었네.
그리고 내 스스로 여기 누웠네.

《당나귀와 함께한 세벤 여행》

이 책은 1879년 6월에 출판되었다. 스티븐슨은 프랑스 남부의 블레 지방과 마르즈리드 지방, 로제르 지방(랑고뉴, 뤼크, 블레이마르), 제보당 지방(로제르 산과 세벤), 비바레 지방, 그리고 카미자르 전쟁이 벌어졌던 퐁드몽베르와 플로락, 생제르맹드칼베르트 같은 마을을 거쳐 12일 동안 230킬로미터를 걷는다. 그의 동반자는 모데스틴이라는 이름의 나귀뿐이다. 스티븐슨은 시작부터 모데스틴을 길들이는 데 큰 어려움을 겪는다. 하지만, 여행을 계속하면서 두 동반자는 인간과 동물의 관계를 넘어 친밀감을 느끼게 되고, 스티븐슨은 모데스틴을 팔고 나서 서운함에 결국 눈물을 흘린다. 그는 이 마을 저 마을을 지나면서 각양각색의 사람들을 만나고, 프로테스탄트와 가톨릭의 대립으로 1702년~1794년에 벌어진 카미자르 전쟁의 여러 에피소드들을 언급한다.

그가 걸은 이 230킬로미터의 길에는 오늘날 "스티븐슨의 길"이라는 이름이 붙여졌으며, 그 길은

"GR(장거리 올레길) 70"으로도 불린다. 매년 5천 명 정도가 《당나귀와 함께한 세벤 여행》을 읽으며 이 길을 걷고, 나 역시 2018년에 이 길을 걸었다.

"스티븐슨의 길"은 해발 평균 1000미터로 북쪽에서 남쪽으로 진행되며, 루아르 강과 알리에 강, 로트 강, 타른 강을 건넌다. 로제르 산(1699미터)과 구데 산(1400미터)은 이 길에서 가장 높은 지점이다. 스티븐슨은 블레 지방의 화산 고원을 지난 다음 알리에 강을 건너 야수들의 고장이며 헤더가 무성한 황무지와 바위산, 소나무의 땅인 제보당 지방으로 들어선다. 그런 다음 그는 여행자에게 길을 안내하기 위해 세운 바위기둥(몽주아라고 부르는)을 보며 로제르 산에 오른다. 이 돌투성이의 산 정상에서 그는 세벤 지방과 저지대 랑그독 지방, 그리고 지중해까지 내려다본다.

르 모나스티에에서 출발한 그는 약간 가파른 산비탈을 몇 번 오르고 나서 블레 고원에 오른다. 이 고원의 풍경은 웅장하며, 집들은 대부분 화산암으로 지어져 있다. 스티븐슨은 부세생니콜라 마을의 여관에서 하룻밤을 묵는다.

스티븐슨은 매우 아름답고 오밀조밀한 흙길을 통해 랑고뉴에 도착한다. 그는 알리에 강에 걸쳐진 다리를 건너 야수에 대한 기억이 여전히 잊히지 않고 있는 제보당 지방(현재는 로제르 지방)으로 들어선다. 셀라르라는 마을에서 그는 어둠과 빗속에서 길을 잃고 처음으로 "아름다운 별 아래서" 잠을 자게 된다. 그런 다음 길은 뤼크를 지나 눈의 성모마리아 수도원으로 이어지고, 그는 이 수도원에서 종교적 논쟁을 벌인다.

스티븐슨이 샤스라드에서 묵었던 여관은 지금도 남아 있다. 그는 여기서 건설 예정인 철도 노선을 연구하는 측량 기사들을 만난다. 그리고 에탕프 마을을 지나 고개와 내리막길을 통해 블레이마르에 도착한다. 샤스라드 인근에는 남부 지방이 시작되는 분수령이 있다. "내 여행의 제1부는 여기서 끝이 났다. 그러면서 마치 뭔가 듣기 좋은 소리가 훨씬 더 아름다운 또 다른 소리에 파묻히는 것처럼 느껴졌다."

이어서 그는 로제르 산으로 올라갔다가 다시 가파른 내리막길을 통해 아름다운 퐁드몽베르 마을에 도착한다. 그리고 타른 강가의 거의 무너져 가는 작은 마을들을 보며 플로락까지 갔다가 다시 수백 년 된 밤나무들과 미망트 계곡을 지나 카사냐에 도착한다. "이 계곡의 떡갈나무 아래 움푹 팬 곳"이 스티븐슨의 침대가 된다.

그는 생제르맹드칼베르의 한 여관에서 하룻밤을 지내고 발레 프랑세즈 계곡을 통과하는데, 카미자르 전쟁 당시 이 투쟁과 박해의 땅에서는 160개나 되는 마을이 왕의 군대에 의해 불태워졌다.

이 작품의 앞부분에는 스티븐슨이 말을 잘 안 듣는 회색 당나귀 모데스틴과 실랑이를 벌이는 장면이 자주 등장한다. 그가 모데스틴 때문에 일어나는 이런저런 돌발적인 상황을 흥미진진하게 묘사한 것이 이 작품이 성공을 거둔 이유 가운데 하나다. 여행을 계속하고 희로애락을 함께 겪으면서 스티븐슨과 모데스틴은 친구가 되어간다. 인간과 동물의 교감은 항상 우리에게 감동을 준다.

"아당 영감은 모데스틴을 내게 팔고 울었다. 그리고 이번에는 내가 모데스틴을 팔았고, 그때 나는 아당 영감과 똑같이 하고 싶은 생각이 들었다. 그래서 마부와 너덧 명의 친절한 젊은이들 사이에서 혼자가 되자 망설이지 않고 내 감정에 굴복해 버렸다."

그러나 스티븐슨은 무엇보다도 이 작품에서 삶과 운명, 종교, 그리고 인간사와 관련된 모든 것에 대해 깊이 생각한다. 그리고 인간 상호 간의 이해와 타인에 대한 존중, 관용이라는 미덕을 발견한다.

카미자르 전쟁

스티븐슨이 《당나귀와 함께한 세벤 여행》에서 여러 일화를 언급하고 있는 카미자르 전쟁은 루이 14세 시대에 세벤 지방에서 프로테스탄트 농민들이 일으킨 반란이다. 1685년에 종교의 자유를 보장한 낭트 칙령을 루이 14세가 폐지함으로써 촉발된 이 전쟁은 1711년까지 계속되었고, 전투는 특히 1702년 9월 부터 1704년 4월까지 집중적으로 벌어졌다. 스티븐 슨은 스코틀랜드의 언약교도, 즉 신교도였기 때문에 프랑스의 프로테스탄트들이 일으킨 카미자르 전쟁에 특별히 관심이 많았다.

낭트 칙령이 폐지된 후 1530년에서 1560년 사이에 특히 신교 사상이 깊이 뿌리내렸던 세벤 지방에서는 신교도들이 용기병들로부터 극심한 박해를 받았다. 이들은 강제로 가톨릭으로 개종 당했고, 개종을 원하 지 않는 신교도들은 국외로 이주하거나 비밀리에 예 배를 드려야만 했다. 비밀리에 예배를 드리다 발각되 는 신교도들은 처형당하거나 노예선에 끌려갔고, 여 성들의 경우에는 머리를 깎였으며, 아이들은 부모들 로부터 격리되어 가톨릭 가정에 보내졌다.

카미자르 전쟁은 1702년 7월 24일 퐁드몽베르에 서 시작되었다. 아브라함 마젤의 지휘하에 검과 낫으 로 무장한 50여 명의 신교도가 세일라 신부가 구금해 서 고문하던 신교도들을 싸우지 않고 구출할 수 있을 것으로 생각하여 찬송가를 부르며 이 마을로 들어왔다. 그들은 감옥에 갇힌 사람들을 풀어달라고 요구했고, 기다리라는 대답이 돌아왔다. 그런데 그 순간 총소리가 울리며 그들 중 한 명이 부상을 당했다. 그들은 세일라 신부의 집 문을 부수고 들어가 갇혀 있던 사람들을 구출한 뒤 불을 질렀다. 세일라 신부는 창문을 통해 도망치려다 다리가 부러져 붙잡혔고, 근처에 있는 다리에서 강 속으로 던져져 사망했다. 이 사건이 카미자르 전쟁의 시작이었다.

신교도 병사는 겨우 3천 명, 왕의 병사는 무려 3만 명. 숫자로 보면 금방 끝날 것 같던 이 전쟁은 1702년부터 1704년까지 계속되었다. 신교도 군대는 신앙심을 잃지 않고 마지막 한 사람까지 치열하게 싸웠고, 신교도들은 결국 1789년 프랑스혁명이 일어나고 나서야 종교적 자유를 얻었다.

번역을 마치며

나는 스티븐슨처럼 르퓌 남쪽의 르 모나스티에에

서 출발해 생장뒤가르까지 12일 동안 걸었던 이 "스티븐슨의 길"을 한 구간 한 구간 떠올리며 이 책을 번역했다.

르 모나스티에서는 스티븐슨처럼 골목길을 걸으며 호기심 어린 눈으로 그곳의 돌과 샘, 교회를 보았다. 그의 모습이 새겨진 돌기둥을 보았고, 그가 고집 센 당나귀 모데스틴에게 짐을 싣느라 애를 먹으며 실랑이를 벌이는 모습을 상상했다. 고색창연한 프라델 마을에서는 스티븐슨이 "나무로 만들어졌지만 수많은 기적을 행했다"고 말한 성모마리아 상을 보았다. 그리고 강물과 화산, 노란 금작화가 피어난 황무지, 렌즈콩 밭, 이탄지로 이루어진 풍경 속을 걸었다.

'눈의 성모마리아'라는 낭만적인 이름의 수도원에서는 하룻밤을 묵으며 경건에 이르는 삶을 희구했다. 시속 100킬로미터가 넘는 강풍이 불던 해발 1699미터의 로제르 산에서는 자연 앞에서 내가 얼마나 작고 보잘것없는 존재인지 새삼 깨달았다.

그리고 하룻밤 묵은 퐁드몽베르에서는 다리 위에

앉아 오직 종교적 신념을 지키기 위해 무려 열 배나 많은 왕의 군대와 3년 동안이나 목숨 바쳐 싸운 카미자르들을 상상했다.

퐁드몽베르에서 플로락까지는 30킬로가 넘는 거리라 멀기도 했지만 중간에 마실 물을 구할 곳이 없었다. 하지만 해발 천 미터가 넘는 고원에서 내려다보는 웅장한 풍경이 이 구간을 걸으며 쌓인 피로와 목마름을 충분히 보상해주었다. 플로락에서 카사뉴, 생제르맹드칼베르트까지 이어지는 깊고 깊은 산길은 9월이라서 온통 나무에서 떨어진 밤으로 뒤덮여 있었다. 처음 얼마 동안은 밤을 주워 배낭에 차곡차곡 담아 보지만 이내 싫증이 난다. 그러나 이 밤이 이 세벤 지역 사람들을 오랫동안 먹여 살린 주식이었다(밤나무는 빵 나무arbre à pain라고 불릴 만큼 프랑스의 경제와 역사에서 매우 중요한 역할을 담당했다)는 사실을 잊으면 안 될 것이다. 밤은 이 거칠고 혹독한 땅에서 살아가는 농민들의 유일한 먹거리였다.

스티븐슨이 최종 목적지 생장뒤가르에 도착하여

그동안 티격태격하던 모데스틴과 헤어지며 눈물을 쏟았던 것처럼 나도 열이틀 동안 하루도 안 빼놓고 같은 방을 썼던 장-폴과 아쉬운 작별을 해야만 했다. 삶이 그렇듯 여행도 이렇게 만남과 갈등, 소통, 이해, 배려, 화해, 공존, 헤어짐으로 이어진다. 나와 장-폴은 이런 과정을 통해 길 위에서 친구가 되었고 함께 하는 삶을 배웠다.

　나에게 새로운 삶을 가르쳐준 그 길을 다시 걷고 싶다.

2020년 11월

이재형

당나귀와 함께한 세벤 여행

첫판 1쇄 펴낸날 2020년 12월 15일

지은이 | 로버트 루이스 스티븐슨
옮긴이 | 이재형
펴낸이 | 박남주

종이 | 화인페이퍼
인쇄·제본 | 한영문화사

펴낸곳 | (주)뮤진트리
출판등록 | 2007년 11월 28일 제2015-000059호
주소 | 서울시 마포구 토정로 135 (상수동) M빌딩
전화 | (02)2676-7117 팩스 | (02)2676-5261
전자우편 | geist6@hanmail.net
홈페이지 | www.mujintree.com

ISBN 979-11-6111-061-5 03840

• 책값은 뒤표지에 있습니다.